四階の女

明野照葉

ハルキ文庫

JN283508

角川春樹事務所

目次

第一章　五階の男

1

部屋の外で、ふだんとは明らかに様子の違う、ざわついた気配がしているのを感じていた。ちょうどマンションの入口あたりだ。トラックのエンジン音にブレーキ音、人声、台車の音、重たそうな荷物がおろされる音……とうとう上の部屋に誰かが引っ越してくるのだ、と吉川《よしかわ》真昼《まひる》は悟った。顔にいくらか憂鬱《ゆううつ》そうな青色をした翳《かげ》が落ちる。

七月に空いたきり、上の部屋はこの二ヵ月近く、住人を失ったままだった。それは真昼にとっては、居心地のよい静けさの提供を意味していた。

「頑丈な造りで、上下、両隣の部屋の物音が、とにかく聞こえないようなマンションがいいんです」

部屋探しに歩いていた時、真昼は不動産屋に注文をつけた。

「私は家で仕事をするものですから、物音が聞こえるところは落ち着かなくていやなんです」

不動産屋に連れられて、いくつかの物件を見てまわった。ここより見栄えがよく、暮らし心地がよさそうなところはほかにもあった。だが、何よりも頑丈さで、真昼はこのマンションの部屋を借りることに決めた。もう一年近く前の話になる。およそ一年、実際に暮らしてみて、真昼は自分の選択に間違いがなかったことを感じていた。階段の音もエレベータが上下する音も、また、隣接している部屋の音も、前に住んでいたマンションよりよほど聞こえにくい。だからかなり落ち着いて仕事ができるし生活ができる。おまけにこの二ヵ月というもの、たまたま上の部屋に人がはいらなかったものだから、真昼はまったくといっていいほど、音に悩まされずに過ごすことができた。いくら頑丈だといっても、上の階の物音は、どうしたって一番耳に響く。足音、ドアを開閉する音、水まわりの音……その程度は致し方のないこととして我慢しなければならないところだろう。が、いうまでもなくこのまま上に誰もはいらないでくれた方が、真昼が日々、快適に過ごせることは事実だった。

(そろそろとは思っていたけど、遂《つい》にきちゃったか)

真昼は心の中で呟《つぶや》いた。

(どんな人だろう。一人暮らしで、ほとんど家にはいなくて……とにかくあんまり物音を立てない人だったらいいんだけどな)

自分に都合のいい勝手な望みだと承知しつつも、彼女はそう願わずにはいられなかった。

上の部屋の造りはよく承知していた。部屋を上下に重ね合わせた恰好《かっこう》で、真昼の部屋とそっくり同じ間取りをしている。

今、真昼が住んでいるのは五階建てのマンションだ。部屋は四〇七号室、四階の端っこの部屋になる。三方外の空間に接していて、西の一辺だけしか隣室に接していない。いや、もう一辺接しているところがある。天井だ。天井は上階の床と丸々全部、一番大きな面積を接していることになる。

できることならば、最上階、五階の部屋を借りたかった。それなら上の階の物音に悩まされずに済み、このマンションでなら、相当静かな生活が約束されるはずだった。

物件を見に訪れた時、真上の五階の部屋、五〇七号室も空いていて、真昼は両方の部屋を見ることができた。五階の部屋には天窓があった。真昼にとっての問題はそれだけで、借りるならば当然最上階だと思った。五階だと、四階よりもひと月八千円家賃が高くなるが、それも辞さず、という思いだった。

が、携帯電話で事務所に確認をとった不動産屋の社員は、いきなり「済みません」と、真昼に向かって頭を下げた。

「五〇七なんですが、今朝内金がはいって、もう埋まってしまったそうなんです。両方お見せしておいて、本当に申し訳ありません」

「そう……」

最上階の五階の部屋を借り損なったと思うと、ひどく残念な気持ちにはなったが、見た物件のなかで、このマンションより造りが頑丈で、しかも静かな環境の部屋はほかになかった。

「じゃあ、四階」真昼は不動産屋に言った。「四階の部屋を借りることにします。五階は天窓もあるから、まあ、四階の方がいいかもしれないし」

「あれ？　天窓、おいやなんですか？」

いくらか不思議そうに、不動産屋が真昼に尋ねた。

「ふつう女の人は、天窓があると、明るいとかお洒落《しゃれ》だとか言って、喜ぶ人が多いんですけどね」

「ああ」真昼はとってつけたような笑みを、急いで顔の上に浮かべた。「私は夜中に仕事をして、朝は遅くまで寝ているものですから、明るいのはあんまり得意じゃなくて」

「ああ、そうですよね。翻訳のお仕事をお宅でなさっているとおっしゃっていましたものね」

不動産屋は真昼の言葉に、すぐに納得した様子だった。

嘘《うそ》だった。

確かに真昼は、家で翻訳の仕事をしている。しかし夜型ではない。一時期夜型の暮らしをしていてからだの調子を崩してから、生活を昼型に切り換えた。もう二、三年前のことになるだろうか。だから朝はとびきり早くはないものの、人並みの時刻にちゃんと起きている。

問題は明るさではなく音だった。友人が天窓のある部屋に住んでいるから知っている。天窓があると、雨の音がふつうよりもよく聞こえる。ひどい雨降りの日や台風の時に、終日雨音に悩まされかねないことを考えると、四階でよかったのかもしれないと思った。断続的な音というのは単純なだけに始末が悪い。

「ずいぶん雨音が聞こえるのね」

雨の日にその家を訪ねた時、思わず真昼は口にしていた。

「そう？」いくらか意外そうな顔で彼女は言った。「分厚いガラスだから、たいした音じゃないと思うけど。私なんか、ざんざん降りの晩でも、平気でぐうぐう寝ちゃってるわ。真昼は結構神経質なのね。その点私はぜんぜんずぼらだから平ちゃらよ」

彼女は、雨音などまったく気にしていなかった。真昼は雨音をものともしない彼女のことを、人より神経が図太いとか性質がずぼらだとかいうつもりは毛頭ない。それがふつうかもしれない。たぶんそうだろう。それでも、天窓に当たる雨音は、真昼の耳にはうるさかった。できるなら真昼は、外で雨が降っているかいないか、カーテンをあけて実際に窓の外を眺めてみなければわからないほどに、外界の物音から遮断されている部屋に住みたかった。もちろんどんな建物でも、完璧《かんぺき》は望めないだろう。でも真昼は、人が立てる音であれ自然の音であれ、少しでも物音が聞こえないところを求めていたし、今もまだ求め続けていた。

（せめて前の住人ぐらい、静かな人であってくれたらいいんだけどな）

真昼は思った。

（まさか夫婦者で、子供がいるっていうんじゃないでしょうね。そうしたら今度は私が、

ここをでていかなくてはならなくなっちゃう）

前の五〇七の住人、柴田《しばた》秀俊《ひでとし》という青年は、コンピュータのゲームソフトを作る仕事をしていたから、会社に泊まり込みという日も多かった。引っ越してきた当初、家にいる時間の少ない住人に恵まれたことを、真昼は大いに喜んだものだった。また、家に帰ってくると、彼は仕事ですっかりくたびれ果てているものだから、昼でも夜でもたいがいすぐに寝てしまう。彼にとっての家は、ほぼ寝るためだけの場所にすぎなかった。だから友だちを連れてくるということもまずなかった。一応生活しているのだから、帰ってくるなり致し方なさそうに、掃除や洗濯をはじめることも時にはあった。でも、それも真昼にはたいして気にならなかった。彼が溜息《ためいき》混じりにする家事の音を、たまのことだと、むしろ頬笑《ほほえ》ましくさえ思って聞いていた。

とにかく一番困るのは、始終家にばかりいて、こまこま動き回っていないと気が済まないタイプの住人だ。その種の住人が上の部屋にくると、真昼まで一緒に神経がざわついて、何も手につかなくなってしまう。

「柴田さん、会社が用意してくれたお部屋の方にお引っ越しになるんですね」

柴田が引っ越すと知った時だった。オーナーの高木《たかぎ》彰治《しょうじ》とたまたま外で顔を合わせた折、真昼はついそんなことを口にしていた。

「あれ、吉川さん、どうしてご存じなんですか？」

不思議そうに真昼の目を覗《のぞ》き込んだ高木の顔を、今もよく覚えている。瞬間、不用意だった、と内心彼女は舌打ちをした。

「ああ、そういえば、柴田さんは吉川さんの真上のお部屋ですものね」自分で勝手に納得して、高木は言った。「それがご縁で吉川さんは柴田さんと、多少おつき合いがあったのかな」

「あ、いえ」真昼は慌てて首を横に振った。「どなたからか、ちょっとそんなようなお話をお伺いしたように思ったものですから」

　これも嘘だった。

　柴田はふつうの住人とは暮らしぶりも生活の時間帯も異なる。越してきてまだ一年と経《た》っていないこともあって、まったくといっていいほど、マンションの人間とはつき合いがない。柴田の顔を知らない住人も多いだろう。真昼も二度ぐらいしか、彼に行き合ったことがない。話をしたことは、ただの一度もなかった。その柴田の引っ越しの事情を、真昼が承知しているというのでは、妙に思われても仕方がない。

（気をつけないと）

　高木と別れてから、真昼は胸の内で自らを戒めた。

（余計なことは口にしないこと。なるべく人とは話をしないこと）

　マンションのエレベータを使って五階の部屋に、荷物が運び込まれはじめた気配がしていた。

真昼は心の中で呟いた。

（今日からは音との闘いになるかもしれない。神様、お願い。私をまた引っ越させるような目には遭わせないで）

頭の上で、運送業者がやりとりする声と、玄関のスチールの重たいドアの鍵《かぎ》がガチャリと開けられる音がするのが、真昼の耳に聞こえていた。

（いよいよくる）

2

時計を見た。午後三時二十二分。

真昼はひとつ息をついてからデスクの上のコンピュータをいったん終了させると、静かに椅子《いす》から立ち上がった。

ポットに入れてあった湯を沸かし直して、ドリッパーに直接注いでコーヒーを淹《い》れる。立ちのぼりはじめた独特の薫りに、疲れが癒《いや》されていくような心地がした。

リビングのソファに腰を下ろしてコーヒーを飲む。真昼の顔に、ほんのかすかではあるものの、くつろぎの感じられる笑みが滲《にじ》んだ。

近頃自分はツイている——、そう思わずにはいられなかった。正確には、上の住人にツイている、というべきか。

引っ越し当日こそ荷物の運び入れと片づけでいっときドタバタしたものの、それが治まってしまうと、上はほぼ完全に静まり返った。人の気配はあるとはいえ、特に足音がするでもない。上に人がいることさえ失念してしまい、時折流れる水音やドアの開閉される音に、「ああ、いたんだ」と、逆に気づかされるぐらいのものだった。

新たに越してきたのはおそらく二十代後半から三十代前半の男性。一人暮らし。家族はない。昼間は仕事にでていて家にいない。帰りも遅いことが多いし、前の住人の柴田同様、会社に泊まり込みなのか、それともべつのところに泊まってくるのか、家に帰ってこない時もある。

彼が引っ越してきてからまだ十日余りだ。が、そのわずかの時間に真昼はそれだけのことを知り得ていた。

（あの人、家にいる時は柴田さんよりもっと静かだわ）

真昼の顔の上の笑みが濃くなった。

越してきたばかりの相手だ。どんな人間だか、当然多少は興味が湧《わ》く。だからきっと無意識のうちに、ふだんよりも余計に上の物音には敏感にも神経質にもなっているはずだった。なのにほとんど物音が耳にヒットしてこない。それどころか、時として上の住人の存在を忘れてしまう。少しだけ大袈裟《おおげさ》にいうならば、上は水を打ったような静けさだった。このマンションの堅牢《けんろう》さを考え併せても、それだけ物静かな住人に恵まれるというのは、間違いなく稀有《けう》なことだった。

稀有といえば、真昼に上階の人間が立てる物音を、多少なりとも楽しむ余裕ができたことも稀有だった。あんまり静かすぎるから、時に彼が立てる音や、何かの拍子にうっかりしでかしたことの結果としての物音が耳に聞こえてくると、真昼は自然と笑みを誘われてしまう。

（あ。机の上の本を倒した。辞書かしら。けっこう厚い本だわ）

（バスタブにお湯をためはじめた。これからお風呂にはいるのね）

うっかり何かに蹴躓《けつまず》いたりした時の、彼自身がはっとしたような物音だったりすると、なおさら真昼は楽しいような気分になった。それもこれも、通常彼があまりにも物音を立てないがゆえのことだ。

（まだ若い男の人で、これだけ静かっていうのは嘘みたい）

コーヒーを飲みながら、真昼は思った。

（ふつうは多少どたどた歩いたり、乱暴にドアを開け閉めしたり、ジャーッと音を立ててカーテンを引いたり……何かしら盛大に音を立てるものよ。それが全然ないって、ちょっと不思議なぐらい）

賃貸のマンションだ。部屋はほとんどが2DKで、一人暮らしの人間も多い。越してきても、互いに特別挨拶《あいさつ》を交わし合うでない。だから真昼はまだ上階の住人の名前を知らない。顔も知らない。現段階においては、職業の察しもついていない。

柴田は、よく携帯電話を使う男だった。その会話の内容で、真昼には彼の職業がわかった。だが、今の男は、この十日というもの、誰かと電話で話している様子もない。思えば電話が鳴った気配もない。テレビの音もしない。

不意にひき潮がきたように、真昼の顔から笑みがすっと退《ひ》いていった。

(上の人、もしかしてもの凄《すご》く変わってない?)

自分に問う。

だが、誰かのことを変わっているとか何だとか、変人扱い、異端児扱いすることは、真昼の好むところのものではなかった。それをすれば、一切は自分自身に跳ね返ってくる。

電子音がして、電話が鳴った。

物思いの中にあっただけに、真昼は音に弾《はじ》かれたように、ソファの上でくつろいでいたからだを反射的にぴんと伸ばしていた。心臓が、少しどきどきしていた。いくらかうんざりとした面持《おもも》ちになってソファから立ち上がる。電話によって、自分の物思いを中断されたことにうんざりとなったのではなかった。電話というのは何の前触れもなく鳴るものだということぐらい、真昼もよくよく承知している。また、電話の音は最小に設定してある。驚くには当たらない。にもかかわらず、それにしょっちゅうびっくりして、心臓をどきどきいわせてしまう自分に愛想が尽きかけるような心境だった。

「はい。もしもし、吉川です」

気を取り直したような声で、真昼は受話器を取って言った。

電話は、取り引き相手の会社の人間からだった。A4、四十ページものの翻訳を、急ぎで頼みたいという。

「わかりました」真昼は答えた。「来週、金曜の夕方までですね。はい、大丈夫です。お引き受けさせていただきます」

来週末までに上げねばならない仕事をすでにひとつ抱えている。コーヒーブレイクする前も、真昼はその仕事に当たっていた。割合量がある上になかなか複雑な内容の書類だ。決して楽な仕事とはいえない。だが、幸いにして静かな住人に恵まれた。この環境でなら、もうひとつ仕事を抱え込んだとしても、双方納期までに上げられるという見込みが立った。翻訳といっても、真昼がやっているのは、一般に流通している図書、出版物の翻訳ではない。主としてアメリカのコンピュータ会社が、日本の関連企業に提供している刊行物や情報書類の翻訳で、求められるのはコンピュータ関係の専門用語にどれだけ知識があり、理解があるかということかもしれない。

二十八歳、まだ若いといっていい年齢だ。女性の身でもある。真昼は見た目にも、まだ甘さに近い若さと柔らかさを残している。が、彼女は、まがりなりにも事業主だった。実際の従業員は真昼一人だが、親兄弟の名前を借りて、会社組織のかたちをとって仕事をしている。仕事場と自宅は一緒とはいえ、仕事場を構えるだけの取り引き先と仕事に恵まれたこと、それ以前に、語学の能力に恵まれたことを、真昼は神に感謝せずにはいられない。真昼に会社勤めは無理だった。たぶんすぐに神経を傷《いた》めてしまう。

感謝しているから、その分仕事は一所懸命にやっている。質はもちろんのこと、これまで一日でも納期を遅らせたことはただの一度もない。知識の欠如を感じれば、自分で勉強をして知識の補充を図ってもきた。手抜きは絶対にしていない。

もともと真昼は長い髪をしていたのだが、ある時期思い切って、それも短く切ってしまった。手入れをしたり髪を洗った後に乾かしたりするのに、長い髪だと手間と時間がかかる。髪に費やす労力と時間が勿体《もったい》なかった。ならばその時間とエネルギーを仕事に注いだ方がいい。また、そうすることが、恐らく真昼が生き残っていく道だった。幸い髪を短くしてみると、これまで欠点とばかり思っていたいくぶんふっくらとした頰《ほお》が、逆に真昼のチャームポイントになった。真昼は、頰はふっくらしているのだが、比べて首は細くて長い。髪を切ったことによってさらされた頰と首のアンバランスが、人にキュートな印象を与えるらしく、日々の手入れは楽になったというのに、ショートカットは似合っていると好評だった。こんなことなら早くショートカットにするべきだったと真昼は思った。髪を切るのをためらっていたのは、耳をさらすことに不安があったからだった。

真昼は立ち上がり、空になったコーヒーカップを流しに運んだ。

(仕事しなくっちゃ)

少し伸びをして、真昼は心の中で自分に向かって囁《ささや》いた。

(意識して耳に蓋《ふた》をしなくても大丈夫。だからきっと仕事も捗《はかど》るわ)

一番疲れるのは、意識して必死に耳に蓋をしながら、目の前のことに集中しようとする時だ。意識的に蓋をしても、神経が妙に鋭敏になってしまっている時は、勝手に音が耳にはいってきてしまう。たいして交通量も多くないというのに、前の通りを行く車の音は海の波音のようにゴーゴーと耳の底に響くし、外で立ち話をしている主婦の声も、話の内容がはっきりとわかるほどに耳に聞こえてくる。

いかに密閉されたマンションの部屋にも、いわゆる〝盲点〟のようなものがある。換気扇だ。換気扇は二箇所、キッチンのガス台の上と浴室の天井にある。どんなに窓を閉めきっても、そこだけは外界に通じていて蓋ができない。バイクが無闇《むやみ》にバリバリいわせるエンジン音と排気音、救急車のサイレンといったものはいうに及ばず、真昼の耳には人の話し声も、しっかりと聞き取れるぐらいに伝わってくる。

『沙耶《さや》が熱をだしてね、医者に連れていったところなのよ』

『風邪《かぜ》？　お腹《なか》にきていない？　うちの優人《ゆうと》も先週幼稚園でもらってきてね、お腹にもきちゃって参ったわ』

『あら本当？　うちは今のところお腹は大丈夫だけど。そういえば、最近安田《やすだ》さんと会った？』

『ああ、安田さんのところ、ご主人が入院なさったんでしょ？　軽い心筋梗塞《こうそく》とかおっしゃっていたけど、心配よねえ』……

子供が風邪をひこうがお腹を下そうが、どこの家の主人が入院しようが、真昼には一切関係のないことだし、また、まったく興味のないことだった。そんな話を延々と聞かされた日には、二時間で上がるはずの仕事が五時間かかってしまう。席を立って窓を開け、いい加減にしてよ、と怒鳴りたくなる。いつまで立ち話をしているの。子供が病気ならさっさと家に帰ったらどう？——

だが、もし仮にそんなことをしたら、人はどう思うだろう。大声をだして話している訳でもないというのに、四階から自分たちの会話に文句をつける女のことを、大変なヒステリーか、さもなくばちょっと頭のおかしな女と思うだろう。しかもどうして話の内容をそこまで詳しく知っているのかと、きっと訝《いぶか》しく思うに違いない。

（どうしてこうなんだろう。私は人より絶対損をしている）

真昼は南の仕事部屋に戻りながら考えていた。

（そのために、住むところだって人とは違った観点で選ばなくちゃいけない。家賃が少々高くても、そこを借りない訳にはいかなくなる。だから仕事だってできるだけこなして、お金を稼がなくちゃならない。まったく、何のために仕事をしているのやら）

人より鋭い聴覚を持っている。そのことを自分でもはっきりと認識したのは、小学校に上がってからだった。だが、悩まされてきたのは物心ついた頃からだ。

人より鋭い、という言い方は、穏当にすぎるかもしれなかった。異常に鋭い、人並みはずれて鋭敏というのが本当かもしれない。

真昼は静かにコンピュータの前の椅子に腰をおろした。

自分の不幸の根源は、この耳にある、聴覚にある——。

二十八年生きてきて、すでに諦《あきら》め半分に悟ったつもりのことだった。だがその思いが、やはり真昼の気分を少し重たいものにしていた。神には感謝する気持ちの一方で、少しは恨み言も言いたかった。もしも人と同じ程度の聴覚でしかなかったら、真昼は今頃ふつうに会社勤めをしていたことだろう。騒がしいオフィスの中にあっても、神経を傷めることなく仕事ができていたことだろう。人とのつき合いも広くて、楽しい毎日を送っていたかもしれない。それを考えれば、神が真昼に生きていくことができる程度の能力と仕事を与えてくれているというのは、当然受けとって然《しか》るべき代償なのかもしれなかった。

真昼の耳に、ふと囁く声があった。

アナタハフツウデハナイ。特別ナ人間。特殊ナ人間。

ソノコトノ意味ヲ、アナタ自身ハ知ッテイル。

3

いつものように、しばらくはまじめにパソコンに向かっていた。が、そのうちに真昼は自分でも、おのずと顔に不穏な翳が落ち、気分が妙にいらいらとささくれ立ってくるのを感じていた。苛立《いらだ》たしげに息をつき、パソコンのデスクから立ち上がる。

コーヒーなら、朝、目覚ましに二杯も飲んだ。重ねて飲みたいとは思わなかったが、ほかに気分転換の方法も見当たらない。仕方なしに、ヤカンをまた火にかける。

日曜日、休みで上の住人がいることはわかっていた。真昼にとって日曜日は、必ずしも休日ではない。だがサラリーマンである彼が、日曜日という休日を家でゆっくり過ごすのに文句を言えた筋合いでないことは、彼女も充分承知していた。それもガタガタとたいそうな物音を立てたり大音響で音楽を聞いたり、あるいは友だちを招《よ》んで大騒ぎをしているというのならまだ話はわかる。だが、そういうことではなかった。まったくの逆。五階は、あくまでも静かだった。その静けさが、真昼の神経に応《こた》えていた。

真昼はもう一度大きくひとつ息をつき、天井を睨《にら》むように見上げた。それから疲れ果てたように首を横に振る。

(いるんでしょ? わかってるのよ。なのにあなた、どうしてそんなに静かなの?)

自分自身、つくづく勝手だとは思う。うるさければうるさいで、神経に障《さわ》るし気が散って仕事にならないと苛立つ。それでいて、水を打ったように静かであればあったで、どうしてそんなに静かなの、と訴えている。わがことながら、これではただの神経質なヒステリー女ではないかと嫌気がさす。

だが、こんなことは真昼にしてもはじめての経験だった。今まで近隣住人が静かすぎるということで、神経をささくれ立たせたことはない。

上の住人が不在で、それでしんと静まり返っているというのなら、いっこうに構いはしなかった。真昼も何も気にならないし、それならそれで大いに有り難い。

だが、明らかに彼はいる。上は面接会場の控え室でも何でもない、居住空間なのだ。人が生活を営む場所なのだ。あるじたる生活者が緊張して行儀よくしている必要はまったくない。なのにどうして彼はこれほどまでに静かなのか、音を立てずにいられるのか。不思議という思いを超えて、もはや異常というしかなかった。今日彼が立てた物音といえば、せいぜい洗面所で洗顔する音と手を洗う音ぐらいではなかったか。確かに手は何度か洗いにいっている。だからこそその水音で、間違いなく彼が在室していることが真昼にもはっきりとわかった。とはいえ洗面所で手を洗う音にしたところで、真昼でなければ聞き逃しているかもしれないと思うぐらいに、ごく慎《つつ》ましやかなものでしかない。

(上に住んでいるのが私だというのなら、話はまだわかるのよ)

自分が音には敏感だから、真昼自身も物音をあまり立てない。自分が立てる音でさえ、鋭敏きわまりない彼女の耳には響いてしまうのだ。

(何を馬鹿なことを考えているのやら。私はここにいるじゃないの。上の住人が私である訳ないじゃないの)

彼——、五〇七号室の住人の名前は鈴木健一《すずきけんいち》。それは下のメールボックスで確かめた。

(鈴木健一?……)

真昼は意識を集中するように、自分でも気づかぬまま、眉根《まゆね》を強く寄せていた。

柴田と違って、彼は家で電話でのやりとりをしていない。だから彼が名乗る声も、真昼はまだかすかにさえも耳にしたことがない。したがって何の根拠も確証もない。だが、鈴木健一という名前は、彼にはふさわしくないような気がした。鈴木という姓はありふれているし、健一という名前もよくある名前だ。いってみれば、その名はあまりに平凡すぎて、彼に似合っていなかった。鈴木健一という名前が悪いといっているのではない。およそ三十年、彼がその名前を使って生きてきたとは、真昼にはどうしても考えづらいといっているのだ。

（どうかしている）

真昼は、また疲れたように心の中で呟いた。

（私はまだ彼の顔も見たことがないじゃないの。なのに名前がふさわしいとかふさわしくないとか、さっきから何を馬鹿みたいなことばっかり考えているのよ）

ヤカンの湯が沸き、音を立てはじめていた。だが、やはり続けてコーヒーを飲む気にはなれず、無駄に湯を沸かしただけで火を止めた。

タイトなスケジュールになることを承知で、ひとつ余計に仕事を抱え込んだのがいけなかったのかもしれなかった。双方納期までにきっちり上げなくてはと、気持ちのどこかで焦《あせ》っている。それゆえかえって仕事に集中できず、知らず知らずのうちに苛立ちが募っている。真昼は自分の苛立ちの原因を、全部彼に押しつけようとしているだけなのかもしれなかった。

（静かなんだもの、それに越したことはないじゃないの。この環境で仕事が捗らない道理がないって。さあ、仕事、仕事）

なかば無理矢理自分に言い聞かせて、真昼は再びパソコンの前に坐《すわ》った。

いざ仕事を再開しようとした時だった。ある意味では真昼が待ちに待っていた彼の立てる物音が、彼女の頭の上でかすかにした。

あ、と声にはださずに呟いて、目で頭上を見上げる。

大きな音ではない。不意に思い立ったように立ち上がり、ひたひたと歩いていく音だ。洗面所へいった。蛇口を捻《ひね》って水をだす……。

またただ、と真昼は思った。今日彼が立てた物音といったらたいがいがこれ、洗面所にいって手を洗う音だ。

水音はまだ続いている。水をだしっ放しにしながら、石鹸《せっけん》を泡立て、ていねいに手を洗い続ける。いや、ていねいに、ではなく、執拗《しつよう》に、というべきか。きれい好き、清潔好きといえばそれまでだ。とはいえ彼は、日に何度もシャワーを浴びたり風呂にはいったりする訳ではない。ただひたすら頻繁に手を洗う。何の仕事をしているのかも、まだ真昼は承知していない。が、これだけ手をよく洗うということは、何か手の清潔さを求められる種類の職業にでも就《つ》いているのだろうか。

一度水道が止められる。少し間があって、また水音が聞こえはじめる。

さっきと同じだった。一度洗ってこれでいいと思っても、彼にはきっと何か気になることがあるのだ。だから続けてまた石鹸で手を洗い直す。

(ただの清潔好きじゃない。度を超してる。これじゃ潔癖症よ)

思ってから、真昼はふと小首を傾《かし》げた。潔癖症——、果してそれが当たりだろうか。ひょっとすると、強迫神経症というのが正しいのではないかという気もしてきていた。

真昼の顔が曇った。

……おかしい。確かに上の住人はおかしい。ふつうの人とは、何かが大きく違っている。

これまで真昼は、むろん物音に悩まされることが断然多かった。物心ついてから、その連続でここまできたといっていい。いかなる音であるにせよ、音は暴力でしかないと真昼は思う。たとえどんなにすばらしい音楽でも、聞きたくない人間の耳には雑音でしかない。

最近は〝癒し〟系といわれる音楽が流行《はや》っているようだが、それさえ真昼にとっては雑音だった。作っている人間の側は意識していないかもしれない。が、真昼にいわせれば、〝癒し〟系の音楽には、間違いなくある共通項のようなものがある。恐らくは、音のサイクルと揺らぎといわれる整雑性――、つまりは、聴き手の予想にどれだけ従いどれだけはずすかという音の周波数と微妙なメロディラインというものになるのだろうが、そのパターンがどれもよく似通っている。ただ、残念ながら真昼の耳と生理には、そのサイクルの整雑性とメロディラインが心地よくは響かない。逆に心がざわざわとして落ち着かなくなる。子供の頃に迷子になった時のことを思い出したような気分になって、下手をすると鬱《うつ》にはまってしまいそうな気分にさせられるのだ。真昼にとって郷愁は、不要の念であり無用の感覚だった。音によるその押しつけはやめにしてもらいたい。

そんな具合だから、当然のことながら真昼は、音に異常に敏感であることのマイナス面ばかりに目を向けてきた。だが、こうなってみて、プラス面もないではなかったことに気がついた。柴田がそのいい例だ。あのぐらいに静かな住人であれば、かえって彼が立てる物音で、彼の職業、生活、性質、習慣……そうしたものがぼんやりと窺《うかが》われて、真昼は安心することができた。あ、今帰ってきた。お湯を沸かしている。ご飯にするのかしら。あ、立ち上がった。今、何か食べ終わって片づけている。電気を消してベッドにはいった。今日はもう寝るだけか。これでもう起きてこないのね……という具合にだ。鋭敏な聴覚を持つ真昼だからこそ、かなり正確に読みとれる。相手の生活や行動が読めるということが、真昼にとっては安心材料になっていた。部屋にいるのならば、若干の生活音はあった方がいい——、はじめて真昼はそのことに思い至ったような気持ちがしていた。

そうよ、若干の生活音はあった方がいいわ……頭の中で同じ台詞《せりふ》を繰り返しながら、真昼はまた小首を傾げた。

違う。通常は、当然のように多少の生活音はあるものなのだ。それがないに等しい彼がおかしい。

(そこはあなたの家なんでしょ?)

上目遣いで天井を見て、五階の男に向かって真昼は囁いていた。

(だったら音がするのがふつうじゃない? なのにあなた、どうして生活している音を立てないの? あなた、部屋でいったいどういう生活をしているの?)

いつもならば、いわば耳で見ることのできる相手の生活や生活の雰囲気が、彼に限ってなぜだか見えない。見えない相手だから気になるし、不安も覚える。それ以前に、真昼の耳をもってして窺い知ることのできない相手であるということが、彼女にしてみれば、やはりふつうの人間とはいいかねた。これまでそんなことは一遍もなかった。だから真昼は落ち着かなくなる。

逆なのだ。これまでとはすべて反対。ならば真昼も反対の行動をとらねばならない。見えない相手だから不安なのなら、今までみたいに意識的に耳を塞《ふさ》ぐのではなく、耳で見ようとしてみることだ。もしも彼がふつうでないとするならば、何がどういうふうにふつうでないかを、彼が立てる音によって察知して、そこからきちんと割りだすことだ。

ようやく自分の向かうべき方向が見えた気がして、真昼の顔からいくらか濁りが薄らいだ。これからは、意識して彼が立てる物音を耳でキャッチしていくことだ。意識を耳に集中させることなら、すぐにでもできる。

（だったら、まずは今日の予定分の仕事を片づけることよ）

真昼はいくらか落ち着いたような面持ちをして、またパソコンに向かいはじめた。

4

五〇七号、鈴木健一――。

本当のところ真昼は、彼が鈴木健一だとは思っていない。依然として根拠は何もない。ただ、どうしてもそうは思えないのだ。だが、彼がそう表札をだしている以上、また名乗っている以上、仮にそうしておくより仕方ない。本当の名前を知らないのだから、たとえ頭の中ででも、真昼も鈴木と呼ぶより、彼に向かってほかに呼びかけようがなかった。

彼、鈴木健一は、週に二、三日、上の部屋に帰ってこない日がある。どこかべつのところに泊まってくる。今週もそうだった、先週もそうだった、その前の週もそうだった。そのこと自体、変わってはいないか。家賃は十二万ほどするのだ。週の三分の二しか過ごさないのが常態であるならば、何もそんなに家賃のかかる部屋を借りなくてもいい気がする。ましてや彼は男だ。女の真昼の勝手な考えかもしれないが、月のうち二十日弱を過ごすだけの塒《ねぐら》なら、ふつう若い男はどんなところでも構わないと考えるものではないだろうか。

家に帰ってきても、ほとんど物音を立てないというのも相変わらずだった。ただし、やはり手はよく洗う。一度気になりだすと、自分でもどうにもならないのかもしれない。さんざん手を洗った後に、改めて入浴することもある。だったら何もさっきあれほど一所懸命に手を洗わなくてもよかったのにと、他人《ひと》ごとながら真昼はついつい息をつく。

鈴木に、これといった趣味はない。少なくとも音楽を奏でる、CDを聞く、DVDを見る……といった音がでる類《たぐい》の趣味は持っていない。それどころかテレビも見ない。当初感じていたように、やはり部屋にテレビを置いていないのだろう。パソコンは、たぶん持っているだろう。立ち上げる時の音とキーを叩《たた》く音が、かすかにだが伝わってくる時がある気がする。とはいえ、それもたまにのことだし、曖昧《あいまい》な気配にすぎない。持っているとしても、そう頻繁には使っていないし、きっとノートパソコンだと思う。彼は自分で何か気になることがある時だけ、パソコンを立ち上げて確認しているのかもしれない。電話は……やはりまったくかけない。携帯もだ。持っていないことはないだろうが、少なくとも家では使っていない。

　家に帰ってくる日の帰宅時刻は九時から十時。寝るのはだいたい二時前後だ。したがって、平日は四、五時間しか起きた状態で部屋で過ごす時間がない計算になる。だからなおのこと真昼は、部屋などどこでもいいではないか、と思ってしまう。だいたいその四、五時間、彼は部屋で何をしているのだ？　手を洗ったり入浴したりトイレにいったり……そうした物音しか聞きとれない。彼が何かほかに、特別なことをして過ごしているとは思いづらい。あるいは静かに新聞か本でも読んでいるのだろうか。仮にそうだとしても、男ならふつう居住まい正して新聞や本を読んだりはせず、酒でも飲みつつページを繰ったりするものではないのか。酒の用意をしてグラスを傾け……彼にはその気配もほとんどない。そもそも新聞を開いたり畳んだりする音は存外耳に響く。気をつけていても真昼の耳には、その音も届いてこない。

（おかしい）

　真昼はメモ帳を取りだし、これまでに気づいたことを記入しはじめた。

・週に二、三日は帰ってこないことがある。
・異常に頻繁に手を洗う。
・帰宅は午後九時から十時。就寝は二時前後。
・起床は六時過ぎから六時半。朝、会社に出かけていくのは午前七時頃。
・特別な趣味はなし。とりわけ音のでる類の趣味はまったくなし。
・テレビ、電話、オーディオといった、誰もが持っているはずの音のでる種類の家電、道具もなし。

書きながら、真昼ははっと顔を上げた。今、真昼がメモに記しているような生活であれば、真昼は当然鈴木の声を聞いたことがないはずだった。彼は一人暮らしで、話をする家族もいない。電話をかけることもなければ受けることもない。となると生活していても、声をだす機会がない。歌でも歌わない限り、好むと好まざるとにかかわらず、終日黙っているしかない。

しかし、真昼には、なぜか鈴木の声を聞いた記憶があった。それも獣めいた声の記憶だ。上に越してきた住人が男であることは最初から感覚で察知していたが、明らかにそう確信できたのは、彼の声を耳にしたからではなかったか。

いつだったろう。どういう時に彼は声をだしたのだったか……眉を寄せ加減にして、真昼は自分の記憶をたどった。

思い出した。が、声といっていいものか、果して疑問だった。ふだんの話し声ではない。あれは夢に魘《うな》されている声であり、呻《うめ》いている声だった。

真昼もすでに眠りの中にある時刻だった。いったん目覚めはしたが、半分寝ぼけていたから記憶が鮮明でない。また真昼自身、すぐに眠りに戻ってしまったものだから、今までそのことを失念していた。失念していたというより、覚醒《かくせい》時の脳のページとは、違ったページに書き込まれてしまっていたのだ。

一度きりではなかった。記憶の糸を手繰《たぐ》り寄せてみれば、二度か三度、夜中に彼の声を聞いている。その時のことを懸命に思い出しながら、真昼は再びペンを手にした。

・夜中に魘されていることがある。
・脅えたような叫びに近い呻き声。はっと目を覚ます気配。深い吐息。汗を拭う気配。

書きだすことで、ぼんやりとしていた記憶がいくぶんはっきりとしてくる。

彼はたぶん、ベッドではなくふとんで寝ている。毎日律儀に上げたり敷いたりしている訳ではないが、ふとんを上げたり敷いたりする動作の気配と物音は、真昼も何度か感じたことがある。寝ている場所は、たまたまだが、真昼とほぼ同じ部屋の同じ場所。間取りが同じなものだから、部屋の造りや窓や物入れ、押入れといったものの位置関係で、どうしても似たようなことになってしまうのだ。考えてみれば、部屋こそ違え、二段ベッドのようなものだった。男と空間を挟《はさ》んで上下で寝ている。そう考えると、何だかおかしな気分になった。

目が覚めたのは、彼の魘された声によってではなかった。夢に魘され、その夢から逃れようと、彼が大きく寝返りを打つようにして暴れたのだ。脚は壁を蹴り、手は床を叩いた。無意識にする行為だけに加減というものがなく、その音は大きくよく響く。それで真昼はぎくりとして目を覚ました。そして彼の声を耳にした。

(あの人、何と言っていたかしら……)

思い出せなかった。はっきりとした言葉にはなっていなかったような気もする。いずれにしても、相当な悪夢だったのだろう。無意識のうちにもそこから何とか逃れようと、彼は苦しみもがき、獣の雄叫《おたけ》びのような呻きを上げていた。

(そうよ、一度だけじゃない。たかだかひと月足らずのうちに何度かあの人は悪夢に魘されている。そう……確かに三度はそんなことがあったわ)

悪夢から覚めて現実を確認した時の安堵《あんど》。疲れ切った息。汗。

真昼の中を、暗い直感が駆け抜けた。

繰り返し悪夢に魘されるということと、日頃物音を立てないということ、それに強迫神経症といいたくなるぐらいに執拗に手を洗うことは、たぶんばらばらに考えるべきではない。彼が鈴木健一というありふれた名前を名乗っていることや、週に何日かはよそに泊まってくるという暮らしぶりも、同じく関係のないことではない。恐らくすべては、関連づけて考えるべき事柄なのだ。

思わず真昼は爪《つめ》を噛《か》んでいた。爪を噛みながら考えていた。

彼ハ、人ヲ殺シテイルノデハナイカ。

血塗られた手だから、日に何度も手を洗う。洗わずにはいられない。マクベスと同じだ。洗っても洗っても、手には血糊《ちのり》がついている、血腥《ちなまぐさ》い臭《にお》いがする……罪の意識から、その幻覚と幻想が拭《ぬぐ》えない。そういえば、彼が繰り返し手を洗う時には、ざわついた落ち着かなげな気配も漂ってくる。胸騒ぎに似たざわざわとした空気の波だ。また、悪夢に魘されるのは、きっと夢に彼が殺した人間がでてくるからだ。死者が地獄の底から甦《よみがえ》り、恨みがましい顔をして、彼のことを責めたてるからだ。

（それじゃ彼が家に帰ってこない日があるっていうのは？……）

自分自身に問いかける。

真昼の顔がいっそう曇った。想像するうちに、頭から血の気が退《ひ》いていくような思いになっていた。

(殺人者)

それも彼が殺人者だと仮定すれば説明がついた。過去に図らずも誰かを殺してしまったというような種類の殺人者ではない。いわゆるシリアルキラー、連続殺人犯。彼が部屋に帰ってこない日は、次の獲物を物色しているか、さもなくば現実に獲物の首を絞めたり死体を隠したりしているからではないのか。

鈴木健一と、群衆に紛れてしまいそうな特徴のない名前を名乗っているのも目立ちたくはないからだ。ふだん物音を立てないのは、息を殺して生活しているから。あるいは彼という人間自体が変わっている、精神的に何がしかの異常がある人間だからとも考えられる。あの女をどう殺してやろうか、あそこに隠した死体は見つからないだろうか……家にいる時の彼は、ひたすらひたひたと自らの想念を追いかけている。妄想の中にある。だからじっとしている。物音も立たない。

(いやだ)

真昼は思わず心の中で叫びを上げていた。

自分の真上の部屋に殺人者がいる。それもいまだに人を殺し続けているかもしれない切り裂きジャックのような男が。手をしつこいぐらいに洗うのも、血塗られているという幻覚があるからではなく、事実人を殺してきたばかりの手だから、とも考えられた。ぞわりと背筋に鳥肌が立った。

いわば耳に負い目のある真昼が頑丈な造りのこのマンションに安心感を得たように、心にうしろめたさのある彼も、ここに同様の安心感を得た。だからこそ、このマンションの部屋を借りることにした。彼にとっての上の部屋は、身を潜め、休息を得るためのシェルターなのではないか。

一気に、すべてが見えてきたような気がした。その一方で、自分は頭がどうかしているのだろうか、とも考えてみる。一切は、自分の思い込みや妄想というものにすぎないのではないか、と。

が、真昼は、気づくときっぱりと首を横に振っていた。真昼は単に耳がいいだけではない。勘も鋭い。そのことは、自分自身がよく知っていた。だから自分が感じたことが、まったくの的はずれだとは思えない。

(どうしたらいいの)

今日は上に彼がいる、殺人者かもしれない男がいる——。確証はない。けれども真昼は脅《おび》えたように、床の上に坐り込んでいた。

5

鈴木健一が頭の上にやってきてから、およそひと月半が経った。

その間真昼は、鈴木健一＝殺人者という図式を、自らの妄想として何度も打ち消そうと試みた。そもそも彼がシリアルキラーであるならば、逆に夢に魘されたりするはずがない。なぜならシリアルキラーにとっての殺人は、ある種の快楽にほかならないからだ。切り裂きジャックは次の獲物を追うのに忙しくて、自分がナイフで引き裂いた死者の亡霊に脅えている暇はなかったろう。

それでいて、真昼はまた考える。何も彼が自分が殺した人間の亡霊に脅えているとは限らない。彼は死体を埋めた場所が掘り返される夢を見て魘されているのかもしれないではないか。罪が暴かれ、警察に捕まる夢を見て魘されているのかもしれない。彼は罪が暴かれるのがいやなだけだ、牢獄《ろうごく》に閉じ込められるのが恐ろしいだけだ。

だが、仮に鈴木健一という名が偽名であるにせよ、その名前でこのマンションに堂々と住まうことができているというのが、真昼からすればどうにも納得いかなかった。いや、偽名であればなおさらに、現実的には難しい。

契約の際、真昼は住民票をだしている。また、貸主に対して間違いなく家賃が払える人間であることを証《あか》すために、所得証明書の控えのコピーも添えるよう求められて従った。それは何もこのマンションに限ったことではない。前に住んでいたところも同じで、いまや東京で居住空間を手に入れるのに、身分と収入の曖昧さは許されなくなっている。

真昼はその時、不動産屋を通してオーナーの高木に、メールボックスと表札には、吉川真昼ではなく㈲アマランスと、事業所名を掲げさせてくれるように頼んだ。それでさえ、すぐにOKはもらえなかった。最初高木は、あくまでも住居として貸したのだから、と不動産屋に対して渋い顔を見せたらしい。真昼が直接挨拶に出向いた際、再度頼み込むことで、その問題は解決を見た。日本人特有の情実というやつだ。真昼は気に入られることに成功したのだ。もしも真昼がもっと高木に対して無愛想に接していたら、恐らく許可はおりなかったろう。

自分の経験に照らし合わせてみても、部屋を借りるということは、ホテルの部屋に泊まるようには簡単にいかないはずだった。

ならば鈴木健一というのは偽名ではなく、正真正銘、彼の本名なのか。彼は身分と所得を証明するものを、きちんと高木に提出しているのか。真昼はその疑問と興味が抑えきれず、たまたま高木と行き合った折、さりげなく彼にそれを探ってみた。

「え？　五〇七の住人のかた？」

思いがけずほかの居住者のことを尋ねられ、一瞬きょとんとなった高木に対して、真昼は穏やかな表情を浮かべたままの顔で、こくりと小さく頷《うなず》いた。

「ええ。あまりおうちにいらっしゃらないみたいだし、今度越してらしたかたはどういうかたなんだろうと、ふと思ったりしたものですから。いえ、私は静かなかたの方が助かるので有り難いんですけど。確か……鈴木さん、ておっしゃいましたよね」

「ああ、そうそう、鈴木さんね」高木も頷いて言った。「サラリーマンですよ、きちんとした会社にお勤めの。男のかたの一人暮らし」

サラリーマン、きちんとした会社に勤めている……真昼の額から眉にかけてのあたりが、薄雲がかかったように翳りかける。

「あれ、鈴木さん、あんまり家にいらっしゃいません?」

逆に高木に問われてはっとなる。

「ええ、何だか私はそんな気がしたものですから」

真昼は、また表情を明るいものに戻して言った。

「まあサラリーマンだから、日中は働いてらっしゃるからねえ。だいたい一人暮らしの男なんて、あんまり家にいるもんじゃないですしね」

高木は笑って言った。

「そうですよね」

真昼もとってつけたような笑顔をとり繕《つくろ》って頷いた。

高木の話からは、はっきりとしたことはわからなかった。が、彼の口調や表情から判断するに、少なくとも高木は鈴木健一に対して、何ら不審の念を抱いていない。それは鈴木が入居に当たって必要とされる書類を、きちんと高木に提出しているということを意味している と考えていいだろう。となると彼は本当に、きちんとした会社に籍を置く勤め人、鈴木健一本人なのか。

そう納得できてたらどんなに楽だろう、と真昼も思う。だが、当初から感じていたように、やはり彼はふつうでない。真昼のアンテナに、明らかにひっかかってくるだけの、人とは違った何かがある。

人とは違った何か……それがどういうものであるかを、言葉で具体的に説明するのは難しかった。聴覚によって捉《とら》える気配におけるある種の異臭、あるいは異人種の体臭とでもいったらいいのだろうか。

真昼の大学の同級生に、藤沢美波《ふじさわみなみ》という娘がいた。学生時代、彼女は下宿近くの文具店でアルバイトをしていたのだが、時折真昼に言うことがあった。

「中学生の男の子なの。時々お店に買い物にくるんだけどね、脳波がおかしい感じがするのよ。その子がくるとざわざわして、何だかとってもやな感じなの。見た感じはぜんぜんふつうよ。でも、何か波長の違う揺れ幅を感じてしょうがないの。私、その子がくると怖いんだ。人に言ってもわからない。だけどいやな感じがして震えがくるの」

美波は直感の鋭い人間だった。皮膚感覚といってもいいかもしれない。それから二ヵ月か三ヵ月が経ってのことだったと思う。美波は死んだ。殺されたのだ。人とは違った異常な脳波をもつその中学生の男の子に、彼女は店でいきなり刃物で刺されて落命した。

葬儀での美波の写真は、表面上は頰笑んでいた。けれども実際には泣いていた。その写真を目にした時、自分の直感に確実にヒットしてきたものを絶対に無視してはいけないということを、真昼は悟った思いがした。

とはいえ現代社会では、目に見えるかたちで示して説明したり証明したりすることができなければ、たとえどんなに真実を申し述べたところで、すべてゆえなきこととして、誰もまともにとりあってはくれない。仮に真昼が五〇七の鈴木健一という人物は偽名を使っている、恐らく連続殺人犯に違いないと申し立ててみても、そんな真昼の訴えに、誰がまじめに耳を傾けてくれるだろうか。反対に、真昼が人から言われることは決まっている。

「あなたはどうしてそう思うのですか」

「彼が連続殺人犯だという、どういう証拠があるのですか」

誰も彼も、他人の人権を侵害することに過剰に神経質になっている。相手の恨みを買うことを、必要以上に恐れている。だから相手に相当おかしなものを感じていても、はっきりとしたかたちで何かが起きない限りは、知らん顔をして口を噤《つぐ》み、自分は安穏とした日常の中に身を置いていようとする。ここは見て見ぬ振りと自分自身に言い聞かせて、意図的な無関心を決め込むのだ。

もちろん、それが真昼にとっても暮らしやすい日常と地域社会を形成していることは否めない。真昼も他人から余計な介入はただの一歩だってされたくない。だが、万が一自分が被害を被《こうむ》り得る立場に置かれていたとしたらどうだろう。たとえどんなに怪しかろうが黒に近い灰色であろうが、疑わしきは罰せず――、そんなことにゆるゆると甘んじていたら、いつか美波のような目に遭わないとも限らない。

常にこの国の社会は、事が起きてしまってからはじめて大騒ぎをする。自分が被害者や生贄《いけにえ》にならなかったことに安堵しながら、事が起きた後になって、人は待っていたように言いだすのだ。あの人はおかしかった、みんな迷惑していた、いつかこんなことになると思っていた――。

真昼が今、鈴木に対して感じていることは、単に真昼の人より鋭い聴覚に根ざしただけのものということでもなかった。それほど明確で鋭い能力ではない。だが、藤沢美波が相手の脳波の異常を肌で感じとったのと同様に、真昼も相手の異常を感じとることができる。集中するのだ。意識的に額の一点に意識を集約させて集中し、相手が発するありとあらゆる音に耳を傾けるのだ。そうすると、相手の心の音が聞こえてくる。仮に相手が、これといった悪意を持っておらず、心穏やかで気持ちが澄んだ状態であれば、真昼の中の琴線も、相手と同じ穏やかで寛《くつろ》ぎのある振動をする。が、相手が心にわだかまる何かを持ち、不安、苛立ち、脅え、憤懣《ふんまん》、殺意……そうした負の感情に翻弄《ほんろう》されていれば、やはり真昼の中の琴線も、相手と同様の振動を起こす。負の音ほど、勝手に耳に聞こえてくる。ざわざわとしたいやな気配だ。耳を通して得る、独特の空気の肌触りといっていいかもしれない。負の強い振動に共鳴すると、真昼自身が落ち着かなくなり、思わず頭を抱えて叫び声を上げたくなる。

彼、鈴木健一にはそれがあった。

今の彼から一番強く伝わってくるのは、不安や脅えに近い振動だ。強い憤怒や殺意でないだけマシかもしれないが、いやな感じのする振動であることは否めない。

嵐の前の湿りけを含んだ風が雑木林の木々を不意に揺らしはじめるように、彼も突然ざわざわしはじめる。落ち着かなくなる。人が少々の不安に、落ち着きを失うのとは度合いが違う。まるで自分の存在自体が脅かされてでもいるように、心もからだも波立つのだ。

ふつうは、翌日だとか何日後だとかに不安材料が解消されれば、しばらく安定をみせるものだ。だが、彼は、繰り返し繰り返し動揺するし、いつまで経っても不安と脅えを払拭《ふっしょく》できずにいる。よほどのことをしでかしているからこそ、彼はわが身を案じて脅えざるを得ない。

そうした振動や気配を感じているからこそ、なおのこと真昼は彼に対する疑惑を捨てきれない。やはり彼は罪を犯している。それもきっと人を殺している。そう考えずにはいられない。

触らぬ神に祟《たた》りなし、真昼とてよくわかっている。鈴木と自分は他の住人と自分の関係同様、たまたま同じマンションで暮らしているだけの赤の他人、何度もそう考えようと努めてみた。が、どうしても意識から彼のことを追いだすことができない。なぜなら、彼は真昼の真上に住んでいるからだ。少なくとも週に四日は、上の部屋に帰ってくる人間だからだ。彼は真昼の部屋に同じ箱を重ねたようなそっくり同じ間取りの部屋に住み、自分の想念の海にもの静かに浸《つ》かりながら、時として思い出したように手を洗いにいき、そのうち何かに憑《つ》かれたように繰り返し手を洗いだす。今もって夢に魘され、ぬめった脂汗を手で拭い、深い息をついている。そして何よりも、明らかに人とは違った気配を発していることを、いやでも真昼は感じとらずにはいられない。

鈴木健一なる男と、絶対に顔を合わせてはならない。顔を合わせたとしても、自分が真下の部屋に住む、吉川真昼だと悟らせてはいけない。そう思いながらも、真昼はどうしても鈴木健一の姿を、顔を、自分の目で見てみたいという思いを抑えられなくなっていた。顔をじかに一遍でも拝んだら、今よりももっと多くのことが、はっきり感じとれるはずだった。その自信があった。

真昼は兎《うさぎ》が耳を立てるように耳を欹《そばだ》て、彼の動向に注意を払った。思いは一点に凝縮されていた。

何とかうまく偶然を装って、鈴木健一と遭遇したい――。

危険は承知の上だった。とはいっても、エレベータという箱の中で彼と乗り合わせるというのは、大胆にして無謀すぎる。エレベータホールかエントランスあたりで自然に接触するのが理想だった。むろん彼に気取《けど》られてはいけない。真昼は路傍の石のように自分の気配を薄くして、彼に顧みられることのない存在でなくてはならない。でないと、真昼が次の犠牲者になりかねない。

彼の姿をこの目で見ると心に決めてからというもの、真昼は鈴木健一の動向に、ひとかたならぬ注意を払ってきた。神経を研ぎ澄まし、耳のみならず全身の神経のアンテナをぴんと立ててきた。今、彼が出かける――、そう感じたら、真昼も急いで部屋を飛びだした。だが、いまだに真昼は、彼と遭遇できずにいた。確かにエレベータに乗ったはずなのに、懸命に先まわりをして下で待ち受けていても、ドアが開いてみると彼はいない。下のメールボックスで郵便物を確認しているはずだと感じた時もそうだった。大慌てでいってみても、やはりどこにも彼の姿は見当たらなかった。相当な注意と努力を払っているというのに、真昼はどうしても鈴木健一の生の姿を拝めない。

考えながら、真昼はまた爪を噛む。こんなことは今までなかった。真昼がこれだけ神経を立て、意識を集中していたら、必ずどこかで確実に、相手のことを捕まえられた。どんなに短かろうが、相手の尻尾《しっぽ》を摑《つか》むことができた。なのに鈴木健一に対しては、なぜかそれが通用しない。

真昼の中で苛立たしさが募る。

同じマンションに住んでいながら、また、真昼自身がそれを心掛けているというのに、どうして彼と遭遇することができないのか。

答えはひとつしかなかった。

鈴木健一本人が、真昼に限らず、意図して人との接触を避けようとしているからだ。恐らく彼は、マンションの住人に自分の姿を見られぬように、相当気を配って行動している。し、神経のアンテナを立ててもいる。鈴木健一なる男は、それだけ周囲の動きに対して、敏感にも神経質にもなれる男なのだ。自分の振る舞いに関して、細心かつ慎重になれる男なのだ。

そういう男だとわかっているからこそ、真昼は思う。

彼ハ、ヤハリフツウデハナイ。

彼ハ人ヲ殺シテイル。

第二章　彼

1

真昼は夕暮れ時の山道を、たった一人で歩いていた。日はどんどん暮れていき、闇《やみ》が濃さをましていく。先へ先へと歩くうち、胸の中に理由のない恐れと不安がひろがってくる。早く家へ帰らなければ、と思う。あたりが闇に呑《の》み込まれてしまう前に、何とか家にたどり着かねば、と。

けれども、先はまだまだ遠い。家の影も見えなければ明かりも見えない。だんだんと、泣きたいような気持ちになってくる。

ふと妙な気がして足元を見る。

地面の下を巨大なもぐらが這《は》ってでもいるかのように、地面がうねりながら盛り上がってきていた。息を呑んで足をとめる。地面の隆起はさらに大きくなり、やがてざっくりと亀裂《きれつ》が走った。裂けた土の割れ目から、丸いものが飛びでていた。思わずそれを凝視する。丸いものが、いきなり地面の上に顔をだした。

顔だった。人間の頭だった。

泥まみれ……あるいは血まみれなのか、顔はどす黒く汚れている。その中で、目だけが命をもった生き物のような勢いをもって、真昼を見つめていた。顔がタールのような血か泥にまみれている分、白目の白さが際立っている。黒目も何かを伝えようとするように、瞳《ひとみ》の奥底かららんらんとした輝きを放っている。

今度は土の中から手が飛びだした。その泥だらけの手が、真昼に向かって伸びてくる。痩《や》せた手だ。肉などまるでついていない手だ。よくよく見れば皮もない。骨がむきだしになった手であり腕だった。その手が真昼の顔に迫ってくる。

いやっ！　やめて……お願い、助けて！——

大きな声で叫ぼうとしているのに、叫びは咽喉《のど》の奥に張りついて音にすらならない。真昼は迫ってくる手から顔を背《そむ》け、必死で声をだそうとする。

いやっ！　やめて……お願い、助けて！——

夢だった。

苦し紛れにからだを捩《よじ》って夢から目覚め、自分が見慣れたマンションの部屋に身を置いていることに安堵《あんど》の吐息を漏らす。首の下や腋《わき》の下に、びっしょり盗汗《ねあせ》を掻《か》いていた。額にはねっとりとした脂汗が浮いていた。

思わず唇から疲れたような深い息が漏れた。息をついてから、部屋の天井に目を向ける。

鈴木健一が、同じく息をつきながら、枕元《まくらもと》のティッシュをたて続けに引き抜いて、じっとりとからだに滲《にじ》んだ汗を拭《ぬぐ》っている。真昼はその気配を感じていた。

あの男の真下で寝たりしているからいけないのだ……真昼は思った。だからこんな悪夢を見る。

夢の内容は今晩とは違った。が、何日か前の晩もやはり悪夢に魘《うな》されて、真昼は思わず夜中にがばりと起き上がった。

たまたまとはいえ、二段ベッドのように上と下で、殺人鬼と重なるかたちで寝ているのでは堪《たま》らない。一度はそう思ってベッドの位置を変えようとした。が、動かしかけて真昼は意を翻《ひるがえ》した。

真昼は、彼が殺人者ではないかと疑っている。自分の感覚に間違いはないと信じている。その確証を摑《つか》みたいとも考えている。ならば彼と距離をとるべきではなかった。彼が上に帰っているならば、寝ている時もなるべく近いところにいて、彼が立てる物音に、敏感な状態であることが望ましい。そう思い直して、真昼はいまだに彼の真下で寝続けていた。眠っていても、彼が上にいると思えば、どこか一部分は神経を覚醒《かくせい》させたままでいることになる。それゆえ彼の気配に感応する。彼が悪夢に魘されている……半分眠りながらもその気配を敏感に感じとって、真昼も一緒に夢を見たのだと思った。恐らくは、彼が見たのとほぼ同じ夢だろう。

思い込みではない。以前にも幾度かそういう経験をしている。実家で暮らしていた頃だ。弟の聖人《きよと》が魘されると、真昼も一緒に魘された。怖い夢を見たんだよ……起きだしてきた聖人が真昼に向かってする話は、いつも真昼が見た夢と同じだった。

（あんたはやっぱり人殺しよ。ほかの人の目は誤魔化《ごまか》せても、私の耳は誤魔化せないわ）

天井に向かって囁《ささや》きかける。囁いてしまってから、はっと真昼は身を固くした。ひょっとして、自分は危険なことをしてはいないか。

自分の振る舞いに細心の注意を払っていて、異常なまでに物音を立てない男だ。他人の動向にも敏感で、今もって真昼の目をうまいこと逃れ続けている男だ。犯罪者、殺人者ゆえの自衛の念からくることかもしれないが、神経にそれだけ鋭いものを持った男が、下の真昼の気配にまったく気がつかないままでいるということがあるだろうか。

鈴木は、真昼が出かけていく彼を、敢《あ》えて捕らえようと行動していることに、もう気がついているのではあるまいか。下でいつも彼の行動に、耳を欹《そばだ》てていることに勘づいているのではあるまいか。こうして彼の真下で眠りをとり、同じように悪夢に魘されて、必死の思いで夢の中から逃れだして息をついていることを、鈴木は感じとっているのではあるまいか。

どうしよう、殺される――、一瞬、そんな思いに鳥肌が立ちかけた。

が、真昼は思い直した。もともと階下の音というものは、上階の音に比べてあまり気にならないものかもしれないが、とりわけここは構造上のことからか、下の音がまったくというほど聞こえてこない。一階、二階は間取り自体が真昼の部屋とは異なっているが、三、四、五階は同じ間取りだと聞いている。したがって、四〇七と五〇七の関係同様、三〇七の上に、まったく同じ形をした真昼の部屋が乗っかっている恰好《かっこう》になる。だが、階下の住人の行動は、さすがに真昼にも読めずにいる。ドアがガンと閉まる音で、今帰ってきたのか、と思うこともたまにはあるが、間違いなく三〇七の住人だという確信は持てない。三〇六の住人かもしれないし、三〇五の住人かもしれない。これからドアを閉めます、と、あらかじめ宣言でもされていればべつだろうが、瞬間に去っていってしまった音というのは、捉《とら》えることが難しい。半分は、過ぎ去ってしまった音の記憶、残響に頼って判断するしかない。が、音の記憶というのは実に曖昧《あいまい》なものだった。

(だから大丈夫よ)

真昼は自分を励ますように、自らに向かって囁いた。

(彼は何も気づいていない)

ただ、遭遇を図って彼を追いかけるような真似《まね》は、もう慎《つつし》んだ方がいいかもしれなかった。気配を感じとった彼が、逆に階段を慌てて駆け降りてくる真昼を、途中で待ち伏せしていないとも限らない。踊り場の陰からぬっと男の顔が現れて、いきなり彼と真正面から遭遇してしまったら……それこそ考えただけでからだが震えた。間違いなく真昼は叫び声を上げてしまうだろう。

真昼の頭の中で、すでに鈴木はモンスターになっている。いくぶん怒《いか》った肩はしているがからだはさほど大きくない。恐らく身長は、百七十センチあるかないかだろう。くすんだはっきりとしない顔をしているし、一見目立ったところはこれといってない。多少骨ばったからだつきはしているが、人なかにはいり込めば、すぐに雑踏に紛れてしまうような種類の男だ。が、ふとした折に垣間見せる目つきが尋常でない。冷たい目だ。灰色をしていて、底が見えない目だ。心を感じさせない目だ。その目を見せた時、彼の頬《ほお》には歪《ゆが》んだひきつれが走る。人間とは思えない凍えた表情を、彼は顔の上に浮かべてみせる。

(馬鹿みたい)

真昼は吐息をついた。

真昼は彼の顔を見たことがない。なのに一方的な想像が、勝手に頭に彼の像を結んでしまっている。

真昼は、音から特定の映像を割りだすということが、実のところ昔からあまり得意でなかった。上の階の住人の行動を音から感じている時も、べつに頭にはっきりとした映像が浮かんでいる訳ではない。いわば幽霊のような黒っぽい影が、右へ動いたり左へ動いたり……そんな程度の覚束《おぼつか》ない絵でしかない。

前の住人、柴田秀俊とはじめて行き合った時も、真昼は「え。こんな人だったのか」と、自分の中の像との喰《く》い違いの大きさに驚いたほどだった。頭では、パーマをかけた髪を明るく染めた、どこか茶目っけのある表情をした現代青年をイメージしていた。耳にはピアスをしているし、口元からは八重歯が覗《のぞ》いている……。が、現実の柴田は違った。背広さえ着せたら、充分企業のサラリーマンで通用するような、常識的な雰囲気を持った真面目《まじめ》そうな青年だった。レンズの小さい黒縁の眼鏡《めがね》が個性的といえば個性的だったが、頭もクルーカットのように短く刈っていて、しかも真っ黒い髪をしていた。思っていたよりもずっと背も高く、見た目には、現代の弁護士タイプという印象だった。

それだけに、鈴木健一がどんな顔や姿をしているかは、まったくもって不明といってよかった。だから余計に、真昼は現実の鈴木健一の姿を見てみたいと思ってしまう。

ベッドから降り立ち、風呂場とつながっている洗面所にいって顔を洗った。タオルで汗を拭ってからパジャマを着替える。

次第に秋が深まってきている。深夜の空気は肌にひんやりと冷たい。

（彼は、私が勘づいていることに気がついていない）

洗面台の鏡に映った白茶《しらちゃ》けた自分の顔を眺めながら、真昼は考えた。

（だったらもうこんなことはやめるべきよ。私には何の関係もないことだと、すっぱり割り切るべきよ）

このところ上のことばかり気にしているものだから、仕事の方も作業が遅れがちで、だんだん押せ押せになっている。夜中に汗を掻いたからだで起きだして、この上風邪《かぜ》でもひいたら目も当てられない。真昼のような個人商売は信用がすべてだ。一度でも納期に遅れたら、次の仕事はないと覚悟した方がいい。

もちろん、上に恐らくは殺人者だろうと思われる男が住んでいるというのは、決して気持ちのいいものではない。だが、彼はその分もの静かで音を立てない。ここは彼がからだと神経を休めるシェルターなのだ。ふつうに考えるならば、自分が安らぎを得るべきその塒《ねぐら》で、誰も重大な犯罪を犯そうとは考えまい。それでは自分の足もとが危うくなってしまう。つまり、彼と同じマンションの住人であり、真下の部屋に住んでいる真昼は安全圏にあるといえる。近くにいながら、犠牲者からは最も遠いところにいる人間。だったら、まったく知らん顔をして、仕事に精をだしていたらいい。次の犠牲者になるのは、どこかよその知らない人——。

思えば真昼にしても、彼が殺人者であるという確証を得たとしても、彼をどうこうしようという気持ちはべつになかった。警察に「あの人は殺人者です。鈴木健一というのは偽名です。ちゃんと調べてください」と、密告の電話を入れるつもりもない。真昼はそこまで良識ある市民ではないし、またお節介焼きでもない。ただ自分の納得のために、確証を得ようとしているにすぎない。自分が感じたことに間違いがなかったことを確かめたいだけだった。

(後ろ暗いところのある人間だもの、あの人、ここにだって長く住んでいるかどうかわからないわ)

ベッドに戻りながら真昼は考えていた。

(そうよ、忘れることよ。これ以上振りまわされてくたびれる必要はない。知らん顔をしていることよ。素知らぬ顔をして、私は黙って仕事をしてたらいい)

果してそう割り切れるものか、自信はなかった。が、真昼は自分の耳に蓋《ふた》をして、ふとんの中に滑り込んだ。目を瞑《つぶ》り、瞼《まぶた》の内の闇を眺めながら、明日の仕事のためにも、もう悪夢を見ることなく、ぐっすり眠りたいと願っていた。

2

銀座の街まででてくるのも久し振りなら、電車に乗るのも久し振りだった。真昼は家を仕事場にしているし、仕事の種類が種類だから、人と会う約束さえ作らなかったら、用事はほとんど家の周辺で事足りてしまう。昔は真昼のような仕事でも、原稿を取りにいったり渡しにいったりと、必然的に出かける必要性も生じていたのだろう。だが、真昼は今、パソコンを使って仕事をしている。向こうからの原稿は、たいがい宅配便で送られてくる。短いものならファクスということもある。一方、真昼が翻訳した原稿はデータとして、ほとんどメール送信のかたちで先方に渡している。だから真昼はたとえ町の郵便局やコンビニにまでであろうが出かける必要はないし、ほぼ無音の操作でことはあっという間に済んでしまう。

この種の仕事が続けられるか否かは、個人の能力よりも、案外性格に負う部分が大きいかもしれない。始終家に閉じ籠《こ》もっていることが我慢ならない、一人でいると気が狂いそうになる……そういう種類の人間には向いていない。思えば真昼ももともとは、じっと家に籠もっているのが好きという性格ではなかった気がする。けれども、いつの間にか慣れてしまった。仕方がなかったのだ。否《いや》が応にもそれに慣れなければ、生きていけないという切羽詰《せっぱつ》まった事情があった。それに耳障りな周囲の音はもちろん、風にそよぐ梢《こずえ》の音や嵐の前に吹く風の音、あるいは大雨の後に流れる川の音といったものも、時には彼女の脅威となった。変に心が揺さぶられてしまうのだ。いや、耳に聞こえるささやかな小鳥のさえずりさえもが、心に応《こた》えて堪らないことだってある。

銀座までできたのは、仕事に関連したことではなく、宇佐美京子《うさみきょうこ》という女に会うためだった。

宇佐美京子も、在宅という恰好で翻訳の仕事をしている。彼女はコンピュータ関係ではなく医療、なかでも薬剤に関する刊行物の翻訳を専門にやっていた。四、五年前からのつき合いになるが、お互い抱えている仕事がある。基本的には家でそれをこなさなければ話にならない。だからしょっちゅう顔を合わせる訳ではない。電話も仕事の邪魔になってはいけないのでほとんどかけ合わない。したがって京子とは、メールによるやりとりがほとんどといった具合だった。

こうした仲間は京子のほかにもいる。在宅ワーカーは孤独だ。日常的には、ほとんど外の人間と接触を持たずに生活している場合が多い。だが、仕事というのは必ず人が与えてくれる。人とのつながりを完全に失《な》くしてしまったら、次の仕事はやってこない。いずれは食べていかれなくなるという現実が目の前にある。だから同じ仕事を持つ者同士、ネット上でのやりとりは盛んだった。お互いに情報を交換し合うし、自分には引き受けられない仕事を仲間に紹介したりまわしたりすることもする。仕事を離れ、馬鹿話もすれば私的な愚痴も言い合う。そういう輪の中に真昼もいた。ネット上でのつき合いやりとりは、ほぼ無音に近い状態でできる。何といっても真昼には、それが一番のメリットだった。

面白いのは、同じようにやりとりしていても、なかでもとりわけ親しくなる人間が自然とできてくることだった。真昼にとっての宇佐美京子がそれだった。真昼はかつて彼女から、仕事を紹介してもらったこともある。今もその会社の仕事は、真昼の収入の大きな部分を占めている。それが縁で京子とは、時にはオフライン、生で顔を合わせる機会も持つようになった。彼女とは、年に数回会っているだろうか。実際に顔を合わせる頻度は少なくても、今では誰よりも親しい友人といっていいかもしれなかった。

真昼さま

また家にこもってばかりいるんでしょ？
たまには外にでてこない？
外の空気も吸わないと、いつか病気になっちゃうよ。
今週、外で一緒にご飯でも食べましょうよ。
ね、ぜひぜひに。
いいお返事、お待ちしています。
悪いお返事は受けつけません。

よろしくね。

京子

ちょうど仕事も一段落したところに、そんな京子のメールがきた。そのメールの文面に笑みと心を誘われて、真昼も重い腰を上げて出かけてきた。

真昼の今の住まいは久我山《くがやま》だ。一方京子は町屋《まちや》に住んでいる。だから本当ならば会う場所は、新宿あたりの方がお互い都合がいいことは事実だった。しかし、新宿、渋谷、池袋……そのあたりは真昼にとっては堪えがたいものがある。走る車の音や都会が生みだすさまざまな騒音もそうだが、それ以上に蠢《うごめ》きひしめき合う人間たちが発する物音に、真昼はたいがいものの一時間もしないうち、ほとほと疲れきってしまう。過剰な人込みは心の雑音も大きい。道理の通じそうのないおかしな音も人の心からは聞こえてくる。それが藤沢美波が言っていた、異常な脳波の音というものなのかもしれない。しかも苦しみはその時だけで済まない。家に帰ってきてからも一時間か二時間は、頭の中にゴーゴーという、汚れた海鳴りのような響きが残ってしまい、なかなか頭痛が治まらない。しばらくは仕事にもそのほかのことにも集中できなくなってしまうから、真昼にとっては、あまりにロスとマイナスが大きすぎた。

だから交通の便が少し悪くて時間がかかっても、真昼は銀座を指定した。京子は、真昼の詳しい事情までは承知していない。が、真昼が雑踏をことのほか苦手にしていることは知っている。それで前にも二人は銀座で会った。その前は、青山だったと思う。同じ都会の街でも、真昼は比較的落ち着きがある場所を選ぶようにしていたし、京子もそれに応じてくれていた。

待ち合わせの喫茶店にはいる。京子は先にきていて、窓際の席に坐《すわ》って本を読んでいた。

「京子さん、お久し振り」

言いながら、真昼は京子の向かいの席に腰をおろした。その声に、本から顔を上げた京子がちょっと頰笑《ほほえ》む。

肩より少し短いおかっぱ風の茶色い髪に、ゆるいウェーヴがかかっている。白くて小さめの顔は小作りだが整っていて、どこか人形を思わせた。

「ああ、真昼ちゃん、お久し振り。——元気そうね、と言いたいところだけど、もしかして、ちょっと痩せた？」

うん、ちょっとね、と曖昧な口調で言い、真昼は心持ち視線を下に向けた。

五階の男、鈴木健一のせいだった。もう真昼も、極力気にかけまいと努めている。ベッドの位置も変えた。が、いやでも神経にヒットしてくるものはヒットしてきてしまう。近頃一番気になるのは、彼が不意にぎくりとなる音だった。たぶん、急に何かを思い出したり何かに思い至ったりしてのことだと思う。その後しばらく彼は落ち着きを失う。そのざわざわとした気配が下の真昼にも伝染してくる。そうすると、やはり真昼はおのずと考えてしまうし確信せざるを得ない。

ヤッパリ彼ハ人ヲ殺シテイル。

ソノコトガ露顕スルコトヲ恐レテイル。

コノ男ハ、絶対ニ誰カヲ殺シテイル。


鈴木のことを、京子に話してしまいたいという衝動に駆られる。自分の真上の部屋に越してきた男は、絶対に人殺しに違いない——。そう打ち明けることができたら、どんなに心が軽くなるだろうかと思う。しかし、京子は何と言うだろう。

「真昼ちゃん、だけどどうしてそんなことがわかったの？」

頭の中で想像しただけで、駄目だ、と真昼は首を小さく横に振った。きちんと話そうとすれば、自分が異常に鋭い聴覚を持っていて、音によって人の行動や心のざわめきが感じとれるということまで明らかにせざるを得ない。それを聞いたからといって、京子が真昼に対して向ける目や態度をいきなり変えるような人間だとは思っていない。それでも心のどこかでは、真昼を特殊なミュータントのように思うだろう。聞いた時は誰にも内緒にしておくつもりでも、何かの折にふと人に、「私の知り合いにこういう人がいてね」と、口にしてしまわないとも限らない。京子個人がどうこうということではない。ただ、これまでの経験則からいって、人間というのはそうあてになるものではないということだ。

「仕事のしすぎじゃないの？」京子は真昼の顔を覗き込みながら言った。「真昼ちゃん、本当に仕事の虫なんだもの」

「大丈夫」真昼は顔に笑みをひろげて言った。「抱えていた仕事も一段落したし、今月は少しゆっくりできるはずだから」

「ならいいけど」

「で、京子さん。今日、どこにごはん、食べにいく？　前にいったお店？」

ああ、と京子が頷《うなず》いた。

「それがね、実は今日はほかにも一人くることになっているのよ。だからお店はその人に任せようかと思って」

「え？　ほかにもって？」

「ごめんね、事後承諾みたいな恰好になっちゃって。仕事関係の人なの。カノン製薬の人なんだけど」

京子はもともとカノン製薬と仕事上の取り引きがある。昨日の晩、カノン製薬から電話があって、京子はかなりボリュームのある資料の翻訳を依頼されたらしい。電話を寄越した担当者は、なるべく早く手をつけてもらいたいから、町屋の自宅まで届けにいくと言った。が、京子が今日銀座にでる用事があることを告げると、それでは銀座で会おうという話に落ち着いた、ということだった。

「潮見《しおみ》さんていうんだけどね、夕飯はその人の奢《おご》り」

「だけど私まで一緒にっていう訳にはいかないわ」

真昼は言った。

「大丈夫。真昼ちゃんと会うことは話してあるの。そうしたら、ぜひ三人で食事をしましょう、って」

少しだけ、気持ちが重たくなっていた。

京子とは相性がいい。だから会ってすぐに親しくもなれた。が、真昼は、誰とでも親しく打ち解けられる訳ではない。京子は真昼よりも三つ歳上《としうえ》だが、単に歳上ということだけでなく、彼女は動より静の側の人間だ。がさつで粗忽《そこつ》なところがない。会ってみて、彼女が仕事をする以外には、本を読んだりものを書いたり、あるいは絵を描いたり手芸をしたり……と、日常的にもの静かに時を過ごすことを好んでいることがよくわかった。それに彼女は人との距離のとり方もほどよくて、よくいる寂しがり屋のように、過剰に人を必要としない。だから敢えて接近もしてこない。そういう性格だからか、彼女は物音を立てることも、人に比べて少なかった。加えて京子は声がいい。やや曇りがちの実に穏やかな声をしている。話す時も大きな声をだしたりしないし、声高に笑うこともしない。常に物語を語り聞かせるような喋《しゃべ》り方をする。

それにひきかえ、がさつな人間は敵《かな》わない。我慢ならない。いきなりガガッと椅子《いす》を引いたり、ガタンと物を倒したり落としたり、一緒にいると真昼の方が本人よりも、いちいちどきりとしたりぎくりとしたりしなくてはならなくなる。本当に物やグラスを倒さないまでも、倒しそうになって「ああっ」とか「きゃあ」とか無駄に声を上げられるだけで、真昼の心臓もしばらくは無駄にどきどき走ることになる。だから神経が休まらない。本人のせいではないのはわかっているが、地声が大きい人間も、それだけで真昼は勘弁願いたいという気持ちだった。

「潮見さんもここにくることになっているんだけど……ああ、きたわ」

京子が店のドアの方に目をやりながら言った。顔に笑みが浮かんでいた。京子につられるように、真昼もドアの方に顔を動かす。

すらりとした痩せ型の、理知的な感じのする顔だちをした男が立っていた。歳の頃は真昼よりも少し上、三十を少しでたところという感じだろうか。京子に気がつき、彼もほのかな笑みを浮かべながらテーブルの方へと歩み寄ってくる。

どうしてだろう、真昼には彼が光っているように見えた。太陽の光のような眩《まぶ》しさではない。色は銀色、それも穏やかな銀色で、どこか月明かりを思わせるやさしい光だった。

背広を着ているから、当然のことながら革靴をはいている。だが、ゴム底のスニーカーでもはいているかのように足音は静かで、とりたてて耳に響くこともなかった。不思議な生き物を見守る思いで彼を見る。はじめて日本人が異国人に接した時のような顔をして彼を見ていたかもしれない。

「すみません。少し遅れまして」

潮見の声を耳にして、真昼は内心ほっと息をついていた。柔らかい声だった。大きな声ではないし、耳に障る声でもない。

「ご紹介します。こちらカノン製薬の潮見さん。こちらは私と同じく翻訳の仕事をなさっている吉川真昼さん」

京子の言葉に、真昼は反射的に立ち上がっていた。

「潮見です」

「吉川です」

もともと人当たりがよく、内面を表にださない種類の人間なのかもしれない。が、真昼に向かって頭を下げてみせた潮見の表情を見る分には、少なくとも彼が真昼の第一印象に、何か悪い要素を見出《みいだ》しているとは思えなかった。心からも、雑音のようなものは聞こえてこない。それどころか、一瞬回路が通じた感があった。真昼の勘違い、あるいは思い込みという類《たぐい》のものかもしれない。だが、瞬間的にだが、頭越しに何かを語り合ったような心地がしたのだ。真昼の顔にも自然な笑みがじんわり浮かぶ。

(心配することなんかなかったんだ。京子さんが一緒にごはんを食べようという人だもの。その相手が、そんなに雑な人間であるはずがなかったんだわ)

「それじゃあごはんを食べにいきましょうか。僕が知っているのは和食の店なんです。和食といってもちょっと変わっていて、モダンで気の利《き》いた料理を食べさせてくれます。量もそんなに多くないし、女性のかたにはいいのではないかと思うのですが。どうでしょう？　そこでよろしいですか？」

京子と真昼、二人の顔を交互に見ながら潮見が言った。京子も真昼も、彼の表情を映したような、ほどよい笑みを浮かべて頷いていた。

3

潮見が連れていってくれたのは、和食に多少フランス料理のテイストが加わった、落ち着いた雰囲気の店だった。酒を飲んで声高に話をする種類の店ではない。BGMも慎《つつ》ましやかで、大人がゆっくりと食事を楽しむ店だ。真昼はまずそのことに安堵した。

潮見省吾《しょうご》、三十二歳。カノン製薬の研究員。

京子は三十一歳。真昼同様独身で、町屋のマンションで仕事をしながら一人暮らしをしている。

京子はメールでも、あまり個人的な打ち明け話はしない方だ。それでも彼女に誰かつき合っている相手がいるらしいことは、真昼も薄々察していた。三人で食事をしはじめたばかりの頃は、京子がつき合っている相手というのが、実は潮見なのではないかと考えたりしていた。細面《ほそおもて》で楚々《そそ》とした美人の京子と、見た目にも知性的な雰囲気がする潮見は釣り合いがよく、似合いのカップルのように思われた。京子もすらりとした長身なので、二人並ぶと背丈のバランスもちょうどいい。

そう考えた時、真昼の胸に寂しさに似た一抹のもの哀《がな》しさが流れた。

自分が京子と違って、恋や異性とのつき合いなど望めない種類の人間だと諦《あきら》めているから寂しかったのだろうか。……それだけではない気がした。真昼には、ほかでもない、潮見省吾という恋人を手にしている京子が羨《うらや》ましく思われていた。羨ましさの中に、ささやかな嫉妬《しっと》が入り混じる。

が、それが真昼のまったくの見当違いであったことが、食事を進めていくうちにわかってきた。

「私、実は前から思っていたの。真昼ちゃんと潮見さん、気が合うんじゃないかって」

食事の途中で、不意に京子がいつにないいたずらっぽい表情をして言いだした。ふだんは凪《な》いだ海のような落ち着きを見せている瞳が、珍しく楽しげにきらきら輝いている。

「だから昨日潮見さんからお電話いただいた時、これはお二人を引き合わせるのに、絶好の機会だわって、一人で盛り上がっちゃったのよ」

やだわ、と真昼はちらりと上目遣いに潮見の顔を見やりながら言った。言いながら、頬にさす血の気の温かさを感じていた。見ると潮見も顔に薄い笑みは浮かべていたが、どこか困惑げで照れている様子だった。

「二人とも、とってもすてきな人たちなのに、何だか全然奥床しくて、どうも浮いた噂《うわさ》のひとつもなさそうなんですもの。結局お二人とも、仕事の虫なのね。真昼ちゃんは家に籠もってお仕事ばっかり。潮見さんは研究室に籠もって新薬の研究開発に専念。やれやれよ」

京子の言葉に、真昼はわずかに俯《うつむ》いた。

潮見はきっと仕事が好きなのだろう。薬の研究開発に、生き甲斐《がい》を見出しているのだと思う。が、真昼の場合は少し違う。仕事は嫌いではないが、家に籠もらざるを得ない事情がある。人と気楽につき合えないし、恋人を得ることもできない事情がある。京子はそれを知らないのだから仕方がなかった。

「吉川さんは、たいがいおうちに籠もって仕事をされているんですか」潮見が言った。

「ええ、まあ……」曖昧に答える。

「ええと、吉川さん、お宅はどちらでしたっけ？」

「浜田山《はまだやま》」

京子が代わって答えた。

本当は、浜田山ではなくて久我山だった。

京子が勘違いしたか言い間違えたかしたことには気がついたが、真昼も敢えて指摘も訂正もしなかった。もともと真昼は、進んで自分のことを語ろうとするタイプではない。

「潮見さんは会社の寮に住んでらっしゃるんでしたっけ？」

京子の言葉に、潮見がこくりと頷いた。

「研究所の近くに寮があるもので、やはり都合がいいんですよ」

カノン製薬は横浜に本社があり、研究所もまた横浜にある。したがって潮見の現在の住まいも横浜ということになる。

「研究員……一日籠もってお仕事なさることも多いんでしょうね」真昼は言った。

「ほとんどそんな感じです。でも、僕はそういうのが好きなので、べつに痛痒《つうよう》ないのですが。静かでいいですよ。隔離されているような部屋ですし、相手にするのも人間ではありませんので文句も愚痴も言いません」

真昼は頬と目もとのあたりに、思わずほんのりと笑みを浮かべていた。

確かに自分と合ったタイプの人間かもしれないという気がしていた。研究員だけに、彼はものを慎重にとり扱うことも習慣になっている。酒はワインを注文したのだが、彼はそれをグラスに注《つ》ぐ時も、ラベルの側に手を当てて、ワインの雫《しずく》でラベルが汚れてしまうことを無意識のうちにも避けていた。そういう癖がついているのだ。だからグラスを置くにも箸《はし》をおくにも、ものを食べるにも、ふつうの人よりも音を立てない。声質のみならず話し方も穏やかで、真昼の神経に障るところは少しもなかった。

真昼は、まんまと京子の術中にはまるように、潮見にどんどん魅《ひ》かれていく自分を感じていた。いや、最初にひと目見た時から、真昼は彼に魅かれていた。でなければ、無駄に京子を羨んだりもしなかった。すっかり忘れ果てていた胸のときめきを思い出す。一方で、どうせ無理よと、心の内で小さく首を横に振る。一緒にいる時間がふえるようになると、必ず相手の何かが耳に障りはじめる。一度それが耳につきはじめると、気になって仕方がなくなる。我慢をしようと思えば、意識的に耳を塞《ふさ》ぐことになる。それを続けていると、終《しま》いには神経がくたびれ果ててしまう。

結局真昼は、他人とは深く関《かか》われない。一歩進めて、誰かと生活をともにするとなれば、いかに相手が好きな男であろうとも、それは無理というより不可能に近い。家族とさえ、真昼は一緒に生活できない。両親、それに弟の聖人は、真昼の聴覚が異常に鋭いことを承知している。だから一緒に暮らしていた頃は、ずいぶん気を使ってくれていたと思う。それでも音が神経に障る時は神経に障った。理屈や理性でどうにかなる質《たち》のことではないのだ。

また、相手が何かの理由でイライラしている時は、相手の心のざわめきが伝わってきて、真昼の神経までざわついてしまう。結果として、喧嘩《けんか》をしなくてもいいことで喧嘩になる。向こうは向こうで物音をあまり立てまいと注意して暮らすことに、疲れている部分もあったと思う。

それゆえ真昼は東京にでた。東京にでて一人暮らしをはじめた。離れている方が、お互いのことをもっと大事に思い遣《や》れると思った。それに一人で暮らすようになれば、同じ家の中に音をだす人間がいなくなるのだから、音の面でも自分は前より楽になれると考えた。だが、違った。きちんとしたところに住まなければ、いっそう物音に悩まされることになると思い知った。だから一所懸命勉強をした。仕事をした。それだけの稼ぎが得られるようになって、ようやく音の被害のかなり少ないマンションの部屋を確保した。しかし――。

京子の眼鏡に叶《かな》った男だ。きっと潮見省吾は上質の、好もしいものを身に備えた人間だろう。けれども真昼は、相手がたとえどんなにいい男であろうが、また悪い男であろうが、恐らくどちらともつき合えない。結婚もできない。そういうふうに生まれてきた。相手に深く関わろうと決心すれば、どうしても耳のことを話さなければならない。相手が自分の夫となる人間ならば、心の雑音まで聞きとれることも、いずれは告げねばならなくなるだろう。

そんな特殊な人間を、人は愛せるものだろうか。最初は気にしない、愛せると信じてそう口にしても、おのずと相手も物音に神経質にならざるを得なくなる。毎日のことだ。じきに神経が参ってしまう。自分に余計な気を遣わせる真昼に対して思わず腹を立てたり、真昼のことを憎らしく思ったりもするだろう。すると今度は、相手の心のざわめきが、いやな雑音となって真昼の耳に届いてくる。真昼は傷つく。真昼に悟られ、彼女を傷つけたことで、相手も傷つく。また、人は、相手に心を読まれることなど、少しも望んでいない。どっちみち、相手は真昼の耳が鬱陶《うっとう》しくなる。真昼本人が疎《うと》ましくなる。どうしたって関係は続かない。

(私は一人。ずっと一人)

自然と瞳に翳《かげ》りが落ちていた。気がつくと、その真昼の瞳を、潮見がやさしい目をして覗き込んでいた。顔に明らかな笑みはない。けれども瞳の奥に、穏やかな笑みの光が宿っていた。真昼の心中を察して思い遣るような色をした光だった。

瞬間、真昼は固く結ばれかかっていた自分の心が、柔らかにほぐれていくのを覚えていた。

（もしかするとこの人とだったら、私もうまくやっていけるかもしれない……）

そんな望みなど抱いてはいけないと承知していながら、ふとそんな思いに囚《とら》われかける。

いつも一人で生きている。上階に殺人者がいるかもしれなくても、それを誰かに告げることもできず、必死で意識から追いだしながら、毎日懸命に仕事をしている。

置かれている状況に多少の違いこそあれ、東京にでてきてからというもの、ずっとその繰り返しできた。何を耳にしても、何を感じても、真昼は誰にも話すことができず、ひたすら口を噤《つぐ》んできた。自分一人の胸に抱え込み、もがいているよりほかになかった。ある意味で、真昼の毎日は闘いだった。それも孤独な闘いだった。そして、自分に言い聞かせる言葉は常に同じだった。

（私は一人。いつだって一人）

そのことに、真昼も少しくたびれていた。


私ダッテ、誰カニ縋《すが》リタイ時ガアル。

誰カヲ愛シ、愛サレタイ。

4

京子との関係がそうであるように、潮見省吾とも、メールを介したつき合いがはじまった。

携帯電話の番号と家の電話の番号は教え合わなかった。最初から、何もかもを教え合う必要はない。それに真昼は電話が嫌いだった。もちろん、鳴る音にぎくりとしてしまうということが一番大きい。その一方で、かかってくるのではないかと期待を抱くと、勝手に聴覚のアンテナが伸びるのか、いつもよりもさらに耳が鋭敏になって疲れてしまう。それも不快なことには違いがないが、一日期待していて肩透かしを喰わされた時の落ち込みはもっとつらいに違いなかった。きっと自分が惨めになって哀しくなる。何も期待しまい、自分は一人――、いつも心に言い聞かせているのに、まだ期待する気持ちがあるのかと、愚かしいばかりの自分自身に、愛想が尽きかける思いになるに決まっていた。

省吾は製薬会社の研究員だから、研究所に籠もりっ放しで仕事をしている時も多い。だから毎日という訳にはいかないが、思っていたよりもずっとマメに真昼にメールを寄越した。そのことが、久し振りに心が温《ぬく》もるような感覚を真昼にもたらしてくれた。いたわるように瞳を覗き込まれた時と同じ感覚だ。

彼とじかに触れ合ったことはもちろんまだない。愛想のないデジタル文字によるやりとりだけで、彼がその手で書いた文字も知らない。それでも真昼は、そこに彼の肌の温もりと血の温もりを感じた。気づくと笑顔を浮かべている自分がいる。昨日と何も変わりないはずの日常が、どこか華やいでいる。

メールでならば話せる――。

どうせいつかは話さなくてはならないことだ。真昼は少しずつ、自分が音や音楽を苦手としていることを、省吾に対してメールで語るようになっていた。あらかじめある程度それを話しておけば、家でまったく音楽を聴かないこと、したがってアーティストの名前も曲もまったく知らないこと、家にテレビはあるものの、決まった時間のニュースしか見ていないために、世間で今、もてはやされているタレントや俳優の顔も名前もろくに知らないこと、雑踏や音楽ががんがんかかっている場所や店はとりわけ苦手としていること……そうしたことを、彼に実際に会った時に驚かれたり妙に思われたりしないで済む。

彼のメールの返事はいたって明快だった。

吉川真昼様

奇遇ですね。ぼくも音や音楽は得意ではありません。

また、日頃研究室に籠もりがちの生活をしていることも手伝って、有名アーティスト、タレント、俳優……真昼さん同様にまるで知りません。

知人に音の研究をしている人間がいます。

園田敬《そのだたかし》という男です。

彼に言わせると、音が人間の脳、及び精神に与える影響は、われわれが考えている以上に甚大で、音や音楽はもっと慎重にとり扱わなくてはならないということになります。

ご関心があるかどうかわかりませんが、彼が前に送信してくれた音に関する話を転送させていただきます。

今度お目にかかる時は、是非静かなところを選びましょう。

もちろんそれは真昼さんのためでもありますが、ぼく自身のためでもある訳です。

またお目にかかって、いろいろな話がしたいものです。

では、音に関する話、よろしければ読んでみてください。

潮見省吾

真昼は、潮見が転送してくれた音に関する話を読んでみた。随所に専門用語がでてくる難しい内容の話だった。それだけに真昼自身、どこまで自分が正確に理解できているか、あまり自信はない。が、読みながら、真昼はわが意を得たりとばかりに何度も頷いている自分に気がついた。

これまで真昼が頭でぼんやりと考えていたことは、すでに科学として研究されていた。そのことを省吾のメールによって知らされて、真昼は励まされたような思いがした。

音に関する研究は、古代ギリシャ時代、ソクラテスの頃からなされているのだという。ソクラテスいわく、「リズムと調べというものは、何にもまして魂の内奥《ないおう》へと深くしみこんでいき、何にもまして強く魂をつかむもの――」

そして、ドリア旋法、フリギア旋法、リディア旋法、ミクソリディア旋法、エオリア旋法、ロクリア旋法と旋法を分類し、たとえばフリギア旋法は聴く人の心を熱狂させ、混合リディア旋法は物悲しくて心引き締まる気持ちにさせる、などと、その旋法が心にもたらす作用を明らかにしていた。なかでもリディア旋法は、その旋法自体が持つ不安定さが、人の心の不安感を呼び覚ました上に増幅させ、心を非常に憂鬱にするとして、ソクラテスやアリストテレスは、〝音楽の悪魔〟とまで呼んでいた。彼らは、リディア旋法はその影響の大きさを考えて、軽々《けいけい》に用いるべきではないとも言っている。

すなわち、古代ギリシャの時代から、音によって人の感情や心を操作することは可能だと考えられていたし、その扱いには注意が必要であると考えられていたということだ。

最近は、音楽による〝癒《いや》し〟、いわゆる音楽療法の側面にもっぱら人の目と関心が注がれている。が、潮見の友人である音の研究家・園田敬は、むしろ音、もしくは音楽というものによる脳被害、精神被害に目を向けるべきであるとし、マインドコントロールをはじめとする、音による〝癒し〟ならぬ〝病まし〟が起きる可能性に触れ、それに対する懸念を示していた。

今、害があると考えられている音は、主としてホワイトノイズに分類される音で、これは低周波を多く含み、フラクタル理論による整雑性の傾きがゼロ、すなわち変化が唐突で意外性の高い波長を持つ音ということになる。雑踏、交差点の雑音などがそれに当たる。確かに神経に響く音だ。

一方、現在〝癒し〟系の音楽といわれているもののフラクタル理論による整雑性の傾きは1／f。整雑性とは、恐らくゆらぎ値を示す言葉なのだろうと真昼は理解した。1／fゆらぎを持つ音は、低周波と高周波が適度に混ざり合い、予測性と意外性の両方をほどよく併せ持つ音ということになる。その混ざり具合の整雑性を表す値が、1／fというかたちで示されている訳だ。

また、園田によれば、超低周波を含む音が、生体、及び脳に、甚大な影響を与えることもわかってきたという。超低周波は、場合によっては生体組織の分解をも引き起こし、自傷行為、さらには自殺を招くこともあるらしい。脳細胞・ニューロンのシナプスとシナプスは、細胞組織や神経組織によってつながっている訳ではない。わずかに離れながら、電気信号で情報のやりとりをしている。低周波は、そのシナプスとシナプスの電気信号によるやりとりに、何かしらの異常を生じさせるらしい。また、その人間の側頭葉の神経組織のあり方によっては、赤ん坊の泣き声、ベルの音など、特定の音を引き金として神経組織の放電に異常が起きることがあり、それは感情の突然爆発、てんかんを誘発する要因となるという。

——人は、音や音楽を右脳によって感知している。また音楽は、感情自体を喚《よ》び覚ますものではなく、感情・記憶のイメージを喚び覚ますものであるといえる。夢、記憶……といったものは完全に右脳の領分であり、そこでは左脳が司《つかさど》る合理性や理屈といったものは一切通用しない。音や音楽が、脳の不合理の領分である右脳にダイレクトに作用するという点が、扱いに注意を要する点であり、ある意味ではもっとも恐ろしい点であるといえる所以《ゆえん》である。

右脳にダイレクトに作用するということは、記憶を司る部分に作用するということであり、好むと好まざるとに関わらず、音や音楽は記憶に残りやすいということになる。事故や疾病《しっぺい》によって左脳がダメージを受けて機能しなくなった結果、言語能力を失った人間が、言葉を喋ったり理解したりすることができなくなった後も、過去に覚えた歌を歌うことができるなどということが起きるのはこのためである。それは顕著かつ特殊な例ではあるが、一般には、多少規則性のある音というのは、それを聴くのをやめた後も頭から消えず、繰り返し繰り返し記憶として耳の底で甦《よみがえ》る性質を持ちやすいということができる。すなわち、部分部分非常に単調で、リフレインが多用されている音楽というのは、一種の呪文《じゅもん》であるといっていい。

テロ事件を起こした某新興宗教団体が、独自の歌や独自のマントラのリズムを持っており、それが部分部分非常に単純で、執拗《しつよう》なまでのリフレインを持っていたということを考えれば、そのことの持つ意味の恐ろしさ、延《ひ》いては音楽が人の脳や精神に与える恐ろしさが、多少は理解できようというものである——。

園田はそう結んでいた。

真昼が必要以上に音に対して敏感で、過剰に反応することは事実だし、真昼自身、それを正しいこととして肯定するつもりは毛頭ない。やはり自分は特殊だし、耳の機能自体は優れているのかもしれなくても、それはそれで出来損ないなのだと考えている。が、少なくとも自分がこれまで音を恐れてきたことは、まったくの間違いではなかったのだということは確かめられた気がした。

真昼は理由もなく神経質になり、音を恐れていた訳ではなかった。音には本当に人の心……それどころか脳にまで被害を与え得る恐ろしい力が備わっていた。真昼がある種の危機を感じて意識的に耳に蓋をしたりするのは、いわば防衛本能のなせる業《わざ》であって、決して単に臆病《おくびょう》だったり神経症的だったりしたためではなかったのだ。

潮見省吾様

音、音楽に関するお話、大変興味深く読みました。

どうもありがとうございました。
これまで自分自身、音に関して神経症的なのではないかと思う部分がありました。
でも、決して病的ということではないのだと、勇気づけられたような思いです。
何といっても、科学の裏付けのあることですものね。
何だか気持ちが軽くなって、楽しい気分になりました。
潮見さんのお蔭《かげ》です。

吉川真昼

簡単にだが、潮見にはそうした気持ちを感想としてメールした。潮見からは、また返事が返ってきた。

吉川真昼様

人は音に対して無防備すぎると思います。
ぼくに言わせれば、音というのは一種の凶器であり、暴力でもあります。
園田氏の話にもあったように、現在は1／fゆらぎの音楽が、いわゆる〝癒し〟系の音楽といわれていますが、実はぼくはそれに対しても懐疑的です。

小川のせせらぎ、鳥の囀きなどに代表される1／fゆらぎを持った音が、果して本当に現代人に〝癒し〟をもたらしてくれると言えるでしょうか。

小川のせせらぎ、鳥の囀き……といった自然が醸《かも》し出す音は、失われつつある音であり、じきになくなってしまうであろう音です。

感性鋭い人たちは、もうそのことに気づいている。

それゆえ1／fゆらぎの音楽は、もはや〝癒し〟とはならず、やがてくる喪失の哀しみをもたらす音だと、ぼくは思うのです。

だからぼくは、1／fゆらぎの音楽もまた苦手です。

潮見省吾

真昼はこの潮見のメールを読んだ時、少しだけ大袈裟《おおげさ》にいうならば、からだが震える思いがした。いや、事実、指先が細かに震えていたかもしれない。

自分にかなり近い感性を持ち、自分を理解し得る人間が、はじめて目の前に現れた——。

心が勝手に潮見に向かって駆けていく。潮見は運命の相手ではないかと真面目に考えている自分に気がつく。

一方で、真昼に囁く声があった。

アナタハフツウデハナイ。特殊ナ人間。

ソンナアナタガ、人並ミニ幸セニナドナレルト思ッテイルノ？

その声に、温もりかけていた心がまた冷える。自分の声ではない。以前から、時折こうして真昼に囁きかけてくる女の声がある。

けれども、真昼は自らに向かって呟《つぶや》いていた。

（出逢《であ》ったのよ。私は出逢うべき人に出逢ったのよ。臆しては駄目。私にだって幸せになる権利はある……）

5

本格的な冬になる前に潮見省吾と出逢えたことは、真昼にとって幸いだった。

人間など、ただの動物にすぎないと、つくづく真昼は思う。毎年冬が近づいてくると、一人でいることが寒々しく思われてならなくなる。人肌の温もりが、理屈抜きで恋しいような気持ちになってしまうのだ。クリスマスのイルミネーションの明かりが、街を幻想的に彩る頃になるとなおさらだった。いくら街が着飾って、精一杯ロマンティックな演出をしてくれても、相手がいないのではしょうがない。ひとり身の肌寒さが、いっそう身にしみるだけの話だ。だから十二月にはいるかはいらないかのうちに街に流れだすクリスマスソングも、真昼の耳と胸には痛いだけのものでしかなかった。音楽はこれだから嫌いだと、街に買い物にでても、すぐさま逃げ帰ってきたくなる。

潮見とは、メールをやりとりするだけでなく、実際にもそれから二度会った。

知的というより、学究肌の男なのだと思う。意識が向かう対象物がはっきりしている。それゆえくだらないことに気をとられている暇がない。だから彼の心は静かだった。一緒にいても、いやな雑音がほとんど聞こえてこない。心がきれいというのは、ふつうは邪心がなく、悪意がないことをいうのかもしれない。だが、真昼にとってのそれは、心のざわつきが音として聞こえてこないということだった。

二度目に会った段階で、お互いの呼び方も変化していた。

省吾さん、真昼さん――、いずれはそこから「さん」がとれて、省吾、真昼と、互いに呼び合うようになるのだろうか。

考えただけで、口もとが甘く緩《ゆる》んだ。

自分自身、それを認めてしまうのは怖い。だが、やはり真昼は明らかに省吾に恋をしていた。まだ確信までには至らないものの、省吾もまた自分を好きでいてくれるということも、彼の目の色や様子から感じとることができたし信じることもできた。自分にははなから無理だと諦めていた恋人を、とうとう得たのだと考えると、ひとりでに心が弾んだ。この出逢いを真昼に与えてくれた神と宇佐美京子に、感謝したいような気持ちだった。

依然として、五〇七の男の問題は残っている。家で仕事をしていても、上の部屋に彼が帰っている時は、一度それに気づいてしまうと、真昼も否応なく神経過敏にならざるを得ない。が、それにしたところで、省吾が現れてくれたお蔭で、以前に比べるとずいぶん気持ちの上で軽くも楽にもなっていた。心は放《ほう》っておいても省吾の方に向かおうとする。その分耳の神経の方も〝お留守〟になる時があるのかもしれない。ふと上の男の存在を忘れ去っている時がある。

（このまま何事もなく過ぎていけばいい）

真昼は思う。

（私自身、何事も起こさずやり過ごすことよ。上の男には近づかないことよ）

上の男、鈴木健一が引っ越してきてからも、すでに三ヵ月半が経《た》っていた。新しく住まうところというのは、それがいかに落ち着ける環境の部屋であろうとも、はじめのうちは自分自身も知らず知らずのうちに、どこか緊張して過ごしているところがあるものだ。そのことにおいては、鈴木も例外ではなかったらしい。三ヵ月半が経ち、彼もようやく落ち着いたのだろう。若干ではあるものの、当初よりも物音に気を配らない傾向がでてきていた。真昼が必要以上に上階の物音に、耳と神経を欹てなくなったのもよい方向に作用したのかもしれない。彼も安心しはじめている。馴染《なじ》みはじめている。だから心が不穏に波立つ気配も、前からみると伝わってくることが少なくなった。それだけでも、真昼にとっては有り難いことだった。

真昼は相変わらず、鈴木健一の顔を知らない。声も知らないままに、何とか世間の人込みに紛れるように、彼と別れ別れになってしまいたいと思うようになった。別れたが最後、人生の道筋において、二度と再び彼と出逢うことがないようにと願う。

鈴木のことは、省吾にもまだ話していなかった。話したい、聞いてもらいたいという気持ちはある。だが、省吾に会ったのは二度きりだ。真昼の聴覚が、省吾が考えている以上に鋭いということも、今もって伝えられずにいる。鈴木のことは、まずそれを告げた後でなければ話せない。でも、省吾にならばいつか話せる……真昼はそんな気がしていた。恐らくそれも、そう遠い日のことではないのではあるまいか。

そう思えるようになったことに希望を得た心地になって、顔にほんのり笑みが浮かんだ。真昼がそう思えるようになったのは、省吾と二度目に会った時のことが大きかったかもしれない。

無音の音。

二度目に彼と会った時、話はおのずと音や音楽のことになった。その時、彼は真昼に言った。

「真昼さん、本当の無音の状態ってどんなだと思う？　想像してみて」

「本当の無音？」

「うん。完全に音を遮断した無音の部屋というのは作れるし、実験目的で、すでに現実に作られてもいるんだよ」

常に音のない世界を希求しながらも、真昼にはそれがどういうものなのか、まったく見当がつかなかった。日頃どんなに意識して耳を塞いでも、完璧《かんぺき》に音から逃げきることなどできずに喘《あえ》いでいるせいかもしれない。音が気になるなら耳栓をしたらいいという人もいる。だがそんなものでは駄目だった。耳栓をしても音ははいってくるし、自分の頭の中をめぐる血流の音が、うるさいぐらいに耳につく。また、人より敏感である耳を圧迫することで、ひどい頭痛に見舞われるのがオチだった。

「よく漫画なんかで〝しーん〟なんて書いてあるよね」真昼の言葉が待ちきれないといったように省吾が言った。「完璧に無音の状態では、本当にあの〝しーん〟という音が聞こえてくるんだって。園田がそう言っていた」

頭の中で〝しーん〟という音を想像してみた。

色は黒だ。漆黒ではないが、闇色に近い。肌に感じる空気はさえざえとしているが、身を凍えさすほどではなく、どこかしっとりとしてやさしくさえある。その暗く落ち着いた無音の部屋で耳を澄ませる。耳の奥に、〝しーん〟という音が聞こえてくる……。

想像しただけで、真昼は胸がわくわくしてくるようだった。

「聞いてみたいわ」

気づくと、真昼は夢見るように言っていた。ひとりでに、瞳に滲むような輝きが宿る。

省吾が真昼の顔をじっと見つめていた。顔には、月光のような微笑が灯《とも》っていた。「聞いてみたいね」笑みを灯したままの顔で小さく頷きながら省吾も言う。「〝しーん〟という無音の音をぜひ聞いてみたいね」

二人で……とまでは、彼も口にしなかった。にもかかわらず、真昼の耳には、省吾が実際には口にしなかったはずの言葉が聞こえていた。

二人で〝しーん〟という無音の音を聞いてみたいね——。

気持ちは真昼も同じだった。いや、それは真昼自身の心の声だったのかもしれない。省吾と一緒に無音の音に耳を傾けたい。根拠は何もない。けれども真昼は、その時自分たちの出逢いと運命は結実するような、そんな予感を覚えていた。

大学時代の友人が、かつて、「恋愛というのは、血のつながらない肉親を探す旅のようなものだ」と言っていたことを思い出す。そのことの意味が、真昼も省吾と出逢ったことで、ようやくわかった気持ちがしていた。

真昼は耳に問題があるばかりに、誰といても本当にはくつろぐということがなかった。自分のそばに他人がいることを、相手が発する音によって、常に意識しない訳にはいかなかったのだ。だが、省吾と過ごしていると、いつの間にかくつろいでいる自分に気がつく。どうしてだか、彼といると楽だった。自然と空気が溶けていく。自分の耳が特別なものであることさえ、真昼は忘れている瞬間がある。

単に省吾が音を発することが少なく、心に雑音が少ない男だからということだけではないだろう。仮に省吾が誰かと同じだけの量の音を発していたとしても、発する音の質なのか何なのか、真昼にはそれがあまり気にならないのだと思う。相性というものなのかもしれない。

聖人がそうだった。子供の頃から姉弟として、ともに育ってきたということも大きいだろうが、真昼は聖人が立てる物音は、あまり耳に障らない。大人になってもそのことに変わりはない。離れて暮らしてはいるが、今も真昼たち姉弟は仲がいい。

真昼と省吾は、恐らく似た人間同士だった。考えてみてもわかる。夢見るように、焦《こ》がれるように、無音の音を聞いてみたいなどと語り合う人間同士が、ふつうどこにいるものだろうか。

あるいは血かもしれない、とも真昼は思う。真昼と省吾は、同じ血を持っている。むろん実際に血はつながっていないのだから、血という言い方はおかしなものかもしれない。が、大きな意味での同族――、時としてそんな気がすることがあった。

「同士……ううん、同志」

気づくと真昼は、ひとり言のように言っていた。同志と呟いた自分の声が、いとおしげな響きをもって真昼の耳に聞こえてきていた。

クリスマス・イヴの晩も、真昼は省吾と会う約束をした。年末・年始も、彼は郷里の三《み》島《しま》に帰省しないという。それは真昼も同じだった。東京からもマンションからも人が少なくなる静かな時期、自分の部屋で一人過ごせることは、真昼にとって大きな喜びだ。わざわざ込んだ電車に乗ってへとへとになって帰省して、また東京に帰ってと、その喜びを自分から手放すことはない。今回はそこに、省吾と会える、一緒に過ごせる、という新たな喜びも加わった。

(もしかすると今年は私にとって、凄《すご》い年だったのかもしれない)

真昼は、残り一枚になった壁のカレンダーを眺めながら心で呟いた。

(上に悪魔がきた。だけど私は天使と出逢った)

上の男は殺人者だ——、今も真昼は確信している。

にもかかわらず、真昼はうっすらと頬笑んでいた。自分の真上の部屋に悪魔のような殺人者が住んでいることよりも、潮見省吾という、自分よりも年上でしっかりとした大人の男を、心で〝天使〟と呼んでいることが、自分ながらおかしかった。

第三章　二人の男

1

血にまみれた女の骨ばった手が、真昼の襟首を息ができないぐらいに強く摑《つか》んでいた。やめて！　放して！――、必死に声を上げようとするのだが、声は掠《かす》れたささやかな空気音にしかならず、どうしても声として響かない。

女は真昼の首を締め上げたまま、目ばかりをぎょろぎょろとさせ、真昼を睨《にら》みつけて言う。

「あんたみたいな人間が、本当に幸せになれると思っているの？　前から私は言ってきたはずよ。あんたは罪人よ。もともとからだに罪人の血が流れている。あんたみたいな人間は、必ず首を括《くく》られる。あんたのような血を持った人間は、根絶やしにされるのが決まりなの。なのにあんたは人並みに、幸せになろうだなんて思っているの？　そんなことは、絶対に私が許さないわ」

女の指の食い込みが、次第に強くなってくる。息が苦しかった。額に冷や汗とも脂汗ともつかぬ汗が浮く。

お願い！　やめて！——

がばりと勢いよく身を起こして、次の瞬間大きく息をつく。

目が覚めた。夢だった。

（どうしてまたでてくるのよ……）

真昼にも、子供の頃から繰り返し見る悪夢があった。弟の聖人も悪夢を見る。聖人の悪夢は、聖人に感応する恰好《かっこう》で真昼も一緒に見たから知っている。責められ、追いかけられるといった類《たぐい》の夢で、真昼の悪夢とパターンはいくらか違うが、自分には身に覚えのないはずの罪を問われるという点では同じといえるかもしれなかった。

聖人はべつに鋭い聴覚を持っている訳ではない。ほかの器官も、人に比べて特別鋭いということはないだろう。ただ、姉弟であるからには、真昼と聖人は、当然同じ血を持っている。もしもそれが夢の女がいうような、罪人の血であったとしたら——。

「人より五感が鋭い人や、異様に感受性の鋭い人っていうのは、いわば落人《おちうど》なのよ」

一緒に翻訳を学んでいた友人の言葉が思い出された。櫟美樹子《くぬぎみきこ》という友人だ。

「落人というより、うまく追手を逃れた罪人の末裔《まつえい》ね」

その時真昼は、真昼の耳のことなど何も知らずに美樹子が口にした言葉にはっとなり、なぜか冷や汗のでる思いがしたことを覚えている。思えばそれは子供の頃から、「お前は罪人だ」と、夢の中で女に責めたてられてきたせいだったのかもしれない。

「だって、どうして人より感覚が鋭くある必要がある？　逃げのびるためよ。生き残るためよ。その記憶と能力が、遺伝子の中に残っちゃってる。それ以外に理由なんか考えられないわ」

美樹子は言った。

自分自身が犯した罪ではない。自分も知らない祖先が犯した罪だ。

誰だか知らないその祖先が、人を殺したと仮定しよう。彼は人を殺して罪を隠蔽《いんぺい》し、罪から必死に逃れて生きのびようとしたとする。追われれば、目や耳の神経を常に立てていなければ、追手に捕まってしまう。どうしても人の目や心には、人一倍敏感になったことだろう。

相手の気配を察知するため、皮膚の感覚だって鋭くなったかもしれない。では、嗅覚《きゅうかく》はどうか。もしも人を殺して埋めたとしたら、腐臭にもことのほか敏感にならざるを得なかったかもしれない。第六感といわれるものについても説明がつく。罪人は生き残るため、かつては虫の知らせといわれたものにも敏感でなくてはならなかった。虫の知らせや第六感に合理的な理由や根拠はない。でも、いやな予感がした時は、自分の直感を信じて駆けだすのだ、その場を離れるのだ。そうしてこそはじめて命がつなげた——。

（罪人の末裔）

真昼は心の中で呟《つぶや》いた。

美樹子が言っていたのは、今でいうミームのことだろう。

ミーム、遺伝子の中の記憶伝達物質だ。

たとえばアメリカで生まれ育った日系三世に、はじめて味噌汁《みそしる》や梅干しを食べさせたら何と言うだろう。食生活も違えば気候風土も違ったところでアメリカ人として育ってきた彼らのこと、すぐにはおいしいとは思わないかもしれない。アメリカに生粋《きっすい》のアメリカ人というのがいるのかどうかは知らないが、それでも日系三世の彼らは生粋のアメリカ人よりは、きっと違和感なく味噌汁や梅干しを受け入れるだろうし、すぐにそれらに馴染《なじ》んでしまうだろう。なぜならそうしたものを食べて生きてきた祖先の遺伝子というものが、彼らのからだの中にはあり、その遺伝子の中に、祖先の記憶を伝える記憶伝達物質、ミームが存在しているからだ。

個は個であって個でない。やはり命の連環の中で存在している。それは、親なくして子なく、その親なくしてまた親なし、ということを考えればよくわかることだった。

聖人は、なぜか子供の頃から鳩《はと》が大嫌いだった。ところが家の庭の楢《なら》の木に、どうした訳だか鳩が巣を拵《こしら》えにやってくる。鳩からすれば、巣を拵えるには絶好と思われる木だったのかもしれない。聖人はそれを嫌って、何度も何度も追い立てを喰《く》わせた。じきに鳩はやってこなくなった。しかし、翌年の春、また巣を作りにやってくる鳩の番《つがい》があった。それを見て、聖人はそれにも追い立てを喰わせた。一年置いた春に、鳩はまたやってきた。それを見て、聖人はうんざりしたように真昼に言った。

「あれ、俺が最初に追い立てを喰わせた奴の孫か何かだよ」

鳴き方の癖が同じなのだという。そして聖人はその孫鳩も、もの干し竿《ざお》を振りまわして、執拗《しつよう》なまでに追い払った。

椨の木は今も実家の庭にある。昔よりも大きくなり、葉もたくさん繁《しげ》っている。だが、以後、真昼の家に鳩はこなくなった。それから何年もの月日が流れたが、今ではもう巣作りにやってくる鳩はいないという。

「学習したんだな」

聖人は言ったが、どうして追い立てを喰わされたこともない鳩の末裔たちまでもが、庭にやってこなくなったのかが、真昼には不思議だった。が、今ならわかる。世代に何度か〝追い立て〟という事件が繰り返されるうちに、「あそこの家の木に巣を作っても無駄。必ず追い払われる」ということが、情報として彼らの遺伝子に組み込まれたのだ。

ひょっとして自分に起きていることも、それと共通する種類のことなのか。

罪人だから、追手の気配をいち早く察し、逃げ、生きのびるために鋭い聴覚を必要とした。相手が自分を疑っているか、あるいは追手に売ろうとしているか、心の波立ちまで感じとらなければ生き残れないから、心の音まで聞きとれる耳を必要とした。

悪夢にしても似たようなものだった。でてくる女は真昼の知らない女だった。が、きっと祖先が何かの理由で殺した女なのではないだろうか。祖先の記憶にある女、祖先が悪夢に魘《うな》され続けてきた女。だからこそ遺伝子のミームが真昼に彼女の顔と言葉を伝えている。

直接尋ねたことはない。だが、父、あるいは母も、同じ女の夢を見てきたかもしれない。祖父、あるいは祖母も、同じ女の悪夢に苦しめられてきたのではなかったか。

時折真昼の耳に囁《ささや》きかけてくる声も、恐らくその女の声であり言葉なのだと思う。言いたいことはわかっている。


アナタハフツウデハナイ。特別ナ人間。

アナタハ鋭イ耳ヲ持ッテイル。

心ノザワメキマデヲモ聞クコトガデキル。

ダカラアナタハシブトク生キ残ル。

ケレドモ決シテ幸セニハナレナイ。

ナゼナラアナタノ中ニハ、罪人ノ血ガ色濃ク流レテイルカラ。

ソレハ決シテ消スコトガデキナイ。


真昼は手で顔を覆った。そんな観念に囚《とら》われるのがどうかしていると人は思うことだろう。

だが、夢の女の末裔が、現にこの地上に存在したとしたら——。

長年自分が悪夢の中で魘され続けてきた女と現に出くわした時の驚きと恐怖は、それを体験した人間でなくてはわからない種類のことだった。その時のことを思うと、全身にわななきが走る。

真昼が誰かの末裔であるように、殺された女にも同じように末裔がいる。

脳裏に省吾の顔が浮かんでいた。

（私はあの人と幸せになれるのかしら）

信じたい。だが、女の悪夢に魘された後は気持ちが地べたにつくほどへこんでしまい、自分の明るい未来など、毛ほども信じることができなくなっているのが常だった。

闇《やみ》の中で、真昼はもう一度両手で顔を覆った。掌《てのひら》が温《ぬる》い湿りけを感じていた。掌を見る。真昼ははじめて自分が泣いていることに気がついた。

2

日常の少しばかりの食料品を、近くのスーパーまで買いにでた。一人暮らしだ。真昼は大食漢でもない。だからいつもたくさんは買わない。その日要るものだけを買ってくる。また、仕事が仕事だけに、都度《つど》都度買いにでるという習慣をつけておかないと、気づくと丸二日も、家から外にでていないということにもなりかねない。その分仕事は捗《はかど》るかもしれなくても、とうてい健康的な生活とはいいかねた。

お日様に当たり、外の空気を吸いながら歩くということも目的の半分にしているから、ぐるりと近所を巡った後、最後にスーパーに寄るようにして、わざと遠回りをしたりする。

自由業だ。仕事のみならず健康も、自分で管理して守っていくしかない。面倒でも自炊をするようにしているのも、本当にからだを壊してしまわないための用心だった。

通院はともかく、入院だけはご免だと思う。病院の中にあっては、真昼は眠ること自体が難しい。物音、病気に苦しむ人の無意識のうちの呻《うめ》き声といったものもさることながら、自分はよくならないのではないか、家族はどうして見舞いにこないのか、医者は本当のことを言っているのだろうか……病人特有の心配、不安、孤独、猜疑心《さいぎしん》が、患者の心の中には渦巻いている。それが真昼の耳にはうるさいぐらいの雑音として届いてきて、療養するどころか、神経が痛めつけられてしまって、治る病気も治らなくなってしまう。

殺された藤沢美波も言っていたことがある。

「私、病院は苦手なのよ。おばあちゃんが入院しているから、仕方なしに定期的に通っているのだけど、帰ってきてからしばらくは、何だかぐったりしてしまうのよね。病院て、文字通り、気が病んでいるんだと思う。だって、いるのは病気の人間ばっかりだものね。私、その病んだ気に当たってしまうみたい。だけど、そんなことは人にはなかなか言えないし、ましてや、だから面会にいきたくないだなんて言ったら人でなし扱いよ。えらいことになるわ」

美波のことを思い出すと、胸が詰まる思いになる。ひょっとすると彼女も同志だったのか。真昼と同じ罪人の末裔だったのか。

しかし、彼女は、逃れきれずに死んでしまった。気がやさしいし、常識的な娘だったたから、自分の内なる本能の声に、全面的に従う訳にはいかなかったのだと思う。

（かわいそうな美波……もっと自分を信じて、わがままに生きればよかったのよ）

では、美波を刺し殺した中学生は何だったのか、と考える。おかしな脳波を持った異常な少年であったことは事実だろう。だが、彼はどうしてほかの人間ではなく美波を刺し殺したのか。

偶然だろうか。もし偶然であるならば、どんなに救われることかと真昼は思う。が、実のところ美波は、肌で相手の異常を感じとれる人間だから殺されたのではなかったか。相手もそれを嗅《か》ぎとって、目障《めざわ》りで癇《かん》に障る人間だと感じたから、美波を殺したのではなかったか。

また、こうも考えられる。彼の中の遺伝子も、美波のことを記憶していた。遠い過去、自分の血筋の人間が、美波の血筋の人間に殺されるかひどい目に遭わされるかした――、本人は無意識でも、その遺伝子の記憶が彼に彼女を殺させたのかもしれない。

真昼は歩きながら首を横に振った。恐らくそんなことは、真昼の妄想にすぎない。それでも自分の身の安全を考えるなら、やはり人よりはるかに鋭い聴覚を持っていることは、誰にも悟られないよう、常に心しているべきだった。この人はと、よほど信用できる人間だと確信できない限りは、隠し続けた方がいい。反面、美波には話していて然《しか》るべきだったのではないかという後悔の念もあった。ともに歩いていけるかもしれなかった同志をみすみす死なせてしまった無念さは、今も真昼の心に暗い澱《よど》みを作ってわだかまっていた。

マンションの入口までやってきて、真昼は思わず足を止めた。メールボックスの前に、背の高い、ごついからだつきをした男が立っていた。背丈の方は、百八十センチ近くあるだろうか。もしかするとからだつきそのものはそうごつくないのかもしれないが、とにかく肩幅が広い。それだけに、遠目にもいかつい大男に見えてしまう。

問題は、彼が触っているメールボックスだった。真昼は二、三歩近づいて目を凝らした。間違いなかった。彼が見ているのは五〇七、鈴木健一のメールボックスだった。

(鈴木健一――、あの人が)

無意識のうちに緊張が走って身が強張《こわば》る。

気配を感じて、男が顔を真昼に向けた。

目が合った。男のからだから、ざわりとしたざらついたいやな空気が伝わってきた。真昼とここで遭遇してしまったことに、彼も間違いなくぎくりとなっていた。

男は、土気色の肌をした表情のない顔をしていた。頬骨《ほおぼね》が張っていて、目が冷たい。からだつきと相俟《あいま》って、外見的にはどうしても凶悪そうな印象になる。感じはきわめてよくなかった。

男が真昼の方に向かって歩きだしはじめた。真昼の方に向かってというより、マンションの外に向かってというのが正しいだろう。

意識しすぎまい、ふつうにしていよう……懸命に自分に言い聞かせる。けれども心とからだから、何としても緊張がとれない。

「こんにちは」

真昼の横を通り過ぎていく時、お座なりにだが、思ったよりも穏やかな声で男が言った。

「こんにちは……」

かろうじて真昼も挨拶《あいさつ》を返した。が、そう言った時にすでに彼は、七歩も八歩も向こうに歩いていってしまっていたから、果して真昼の声が届いたかどうかはわからない。壁のような彼のからだが起こした風で、真昼の額の髪がかすかに揺らいだ。

からだも震えていた。すれ違いざまに「こんにちは」と言った時、彼は穏やかな声をだしていたが、そんなものはうわべだけの作りごとだと、真昼にははっきりとわかっていた。声にだした言葉よりも、もっと明瞭《めいりょう》に真昼の耳に聞こえてくる音があった。

彼の心のかまびすしいまでの音だった。ノイズ、雑音の範囲を超えた轟音《ごうおん》とでもいったらいいのだろうか。その凄《すさ》まじさに、真昼はマンションの入口に突っ立ったままの状態でたじろいでいた。

疑心、不安、憎悪……加えて殺意さえ感じられる音だった。しかも、どれも人に比べて破格に強い。それらが心の中でうねるように絡み合い、渦潮がゴーゴー唸《うな》るような轟音となって響いている。

（鈴木健一）

真昼は心の中で呟いた。

とうとう鈴木健一と遭遇してしまった。

それは真昼が頭の中で想像していた男より、見た目にもはるかに凶悪で、恐ろしげな姿かたちをした男だった。心も殺伐としきっている。

(あの男が私の真上にいるんだ)

後頭部のあたりに鳥肌が立ち、ぞわっと髪の毛が逆立つような感覚があった。

皮肉なものだった。何とか顔を拝んでやろう、姿を確認してやろう、と思っていた時は、まるで会うことができなかったというのに、絶対会わないようにしよう、会わないまま別れよう、と思った途端に遭遇してしまった。

振り返った。

鈴木健一の姿は見えない。だが真昼は、どこかで彼が自分を見ているような気がした。あれだけ内に不穏なものを抱えた男だ、真昼がぎくりとして全身に緊張を走らせ、一気に警戒モードにはいったことを、きっと彼は気配で感じとったに違いない。

真昼はマンションの中にはいった。エレベータは使わなかった。彼が引き返してきて上に点灯する明かりを確認したら、少なくとも真昼が四階の住人であることが知れてしまう。

足音を忍ばせて階段をのぼる。四階の自分の部屋の前にたどり着いても、大急ぎで鍵《かぎ》をあけるようなことはもちろんしなかった。すぐにでも部屋に飛び込みたいのを我慢して、鍵音、ドアの音を極力立てないように注意して、ゆっくりと部屋の中にはいる。

中にはいると、すぐにドアを閉めて鍵をかけ、チェーンもかけた。いつもは簡単にかかるドアチェーンが、手にも脅えがわななきとして走っているために、なかなかかからなくてもどかしい。

ドアスコープから外を覗《のぞ》く。幸いにして男の姿は見えなかった。尾《つ》けてはこなかったのだとひと息つく。それでもぼんやりと気配が感じられるようで、真昼はなかなか落ち着くことができなかった。上まで上がってこなかったまでも、彼の意識が、真昼がどこの何者なのかを追跡してきているような気がしてならない。

（やっぱり五階の男は人殺しよ）

心の中で叫びを上げた。

間違いなく、あの男の心には、真昼のからだに震えを走らせずにおかないような、黒く濁った殺気と殺意があった。彼が誰を殺したいと思っているのか、むろんそこまでは真昼も知らない。だが、彼の中に渦巻いていたのは、曖昧模糊《あいまいもこ》とした殺意ではなかった。明確に、対象を定めた殺意だった。彼の次の標的は定まっている。

鈴木健一と遭遇してしまった。彼の心の雑音に反応して、真昼が戦《おのの》き脅えている気配を悟られてしまったかもしれない。それがゆえに、いつか自分が彼の標的となるのではないか。美波が中学生に目をつけられて殺されたのと同じことだ。

真昼は手にしていたスーパーのビニルの白い袋を床に置き、しゃがみ込んで頭を抱えた。涙が溢《あふ》れてきそうになる。美波の二の舞いだけはご免だった。

（どうして私ばかりがこんな思いをしなければならないの）

ソレハアナタガ特別ナ人間ダカラ。

耳の底に、また女の声が響いていた。

その声から逃れようとするように、真昼は頭を左右に振っていた。

3

ここにきて、にわかに五階の男の警戒心が強まってきていた。そのことに間違いはなかった。

越してきて四ヵ月近くが経《た》ち、このマンションにも五〇七という自分の部屋にも、彼も落ち着きと安心を得られるようになってきていたはずだった。だからこそ彼は不用意に物音を立てるようにもなってきていたし、家では気を抜くようになったせいか、いやな心の波音も、真昼の耳に届きにくくなっていた。一時期、確実に彼は安堵《あんど》の方に向かっていた。それがここにきて、突如として潮の流れが変わるように、また緊張と警戒の方に向いてしまった。

あの日からだった。真昼が下のメールボックスで、彼と遭遇した日からだ。

自分の部屋に身を起きながらも、彼が周囲の気配に、相当神経を張りめぐらしているのがわかる。だからちょっとした外の気配や物音に、すぐにビリッと反応する。それが本当に電気や電流を伴ったものなのかどうかまでは真昼も知らない。だが、いわゆる皮膚やからだに電気が走るというやつで、彼がビリッと反応すれば、階下にいる真昼の肌にも、その電流が伝わってくる。ひやりと冷や汗がでそうないやな感じの電流だ。

脳のニューロンのシナプスとシナプスも、細胞でつながっている訳ではなく、離れた細胞同士が電気信号で情報をやりとりしていると、園田も音の話との関連で書いていた。そのことを考慮に入れるなら、彼が発する電気が階下の真昼に伝わってくるというのも、あながち荒唐無稽《こうとうむけい》な話とはいえない。ただ、それについてはまだ科学で証明されていないばっかりに、信じることのできる人が少ないだけだ。

とにかく彼は警戒しはじめたし、何かに脅えはじめてもいる。だから何でもないことにも、ぎくりとなって身を強張らせたりする。あれこれ考えて、その果てに落ち着きを失っている様子も、ぼんやりと窺《うかが》われる。

そのたびに、真昼は図らずして遭遇してしまった鈴木健一の顔を思い出す。あの酷薄そうな土気色の顔が、いやでも脳裏に甦《よみがえ》ってきてしまうのだ。

頬骨が張っていた。ひとつことにこだわりだすと、偏執狂的になりがちなタイプの顔だった。顔も土気色なら、瞳《ひとみ》の色も黒というより土色が勝《まさ》っていたような記憶がある。憎悪や殺意を帯びた彼の血は熱い。けれども心は冷えている。彼の中身は、熱くて黒く、そしてひやりと冷たい手触りがする。

鈴木健一の姿をはじめて目にしてみて、真昼は自分が聴覚から勝手に抱く映像が、いかにあてにならないかを改めて悟った思いがした。柴田秀俊の時もそうだった。頭の中のイメージと現物には、あまりに大きな開きがあったものだが、今回も同じ……いや、それ以上といってよかった。彼があまり物音を立てない男だというせいもあるだろう。だから真昼も彼があんなにいかつい大男だとは、さすがに想像していなかった。あれだけのからだを持った男が、どうしてこれだけ静かでいられるのかということを考えだすと、なおさら恐ろしくなる。本来なら、ふつうにしていても足音なり何なりが、もっと響いてきていていいはずだ。意識的に音を殺していなくては、絶対にこれだけ静かには過ごせない。

真昼はぴくっと背筋をのばした。彼がまた何かを感じてぎくりとなった。具体的に何かが起きたのではないと思う。たぶんあれこれ考えるうち、自分自身何かはっとするような心配ごとに思い至ったのだろう。

真昼は顔を歪《ゆが》めた。迷惑だった。真昼自身が神経質になりすぎていることは事実だが、彼がぎくりとなるたびに一緒に肌に電気を感じていたのでは、仕事はもちろん、日常のこともすんなり進めていけない。あれもこれも、みんな中途半端に滞ってしまう。

(いい加減にしてよ。あなたが人殺しだからいけないのでしょ。ここで落ち着かないのならよそに引っ越して。お願いだから、私のことを巻き込まないで)

ついい心で訴えかけそうになっては、自分自身を戒める。彼が声なき声に耳を傾け、人の気配を感じとるのに、どれだけ優れた能力を持っているかわからない。真昼は自分のどんな気配も、彼に伝えるべきではなかった。

以来真昼は、自分の家で過ごしていても、息を殺して暮らすようになった。息を潜めて仕事をしている。何のために毎月真昼にとっては高いと感じられる家賃を払っているものかと、次第に五階の男が呪《のろ》わしくなる。

真昼が引っ越せば済むことかもしれない。だが、真昼も越してきて一年ちょっとだ。上の男の問題以外は、何の不満もない。音が響かないということでは、ここ以上の住まいは容易に見つけられないだろう。なのに更新時期を一年近く残して、また部屋探しをするのか。不動産屋と物件めぐりをすることに時を費やして、部屋が決まれば荷造りをして、コンピュータから何から何まで神経を使って運びだし、また引っ越し先で設置して……考えただけで頭が痛くなりそうだった。新しい住まいが、ここより快適だという保証もない。引っ越しをするとなると、それだけで五十万を超える金がかかることになる。費やされる労力と時間と金。まったく無駄というよりほかになかった。

（でていって。あなたがでていってよ。頼むから早くどこかに引っ越してよ）

また訴えかけそうになって、自分を諫《いさ》める。そんなことの繰り返しだった。

「真昼さん、もしかしてすごく仕事が忙しいんじゃない？」

暮れに省吾と青山で会った。省吾は心配そうに真昼の顔を覗き込んで言った。

「何だかとても疲れているみたいに見える」

省吾の顔を見る。真昼の唇がわずかに開きかけた。

引っ越したいの。ううん、引っ越したい訳じゃない。でも、引っ越さないといけなくなりそうで。家にいると、時々気が変になりそうになるの。だって省吾さん、私の真上の部屋には、人殺しが住んでいるんですもの――。

言ってしまえたらどんなに楽かと思う。しかし、真昼は口を噤《つぐ》んだ。話すにはまだ早い。一度口を開いたら、何もかもを話さない訳にはいかなくなる。

「うん……」真昼は力なく頷《うなず》いた。「ここのところ、納期的に無理な仕事を入れてしまったりしたものだから。でも、もう片づいたの。だから大丈夫」

「そう。それじゃ今日は何かおいしいものでも食べにいこうか。ご馳《ち》走《そう》するよ。ちょっとは元気がでるようなものを食べないとね」

下に落とし気味にしていた目を上げる。

真昼の瞳に映った省吾は、やさしい笑みを浮かべていた。茶色の瞳の中にも穏やかな笑みの光が宿っている。柔らかそうな髪の色と合った目の色だ。

省吾の顔かたちに、強烈なものはない。面長ですっきりとした顔をしている。なのに、彼が与える印象は思いの外《ほか》強い。醸《かも》しだす空気に、独特のものがあるのかもしれない。その空気に自分を委《ゆだ》ねて、心にあるもの何もかもを吐きだしてしまいたい。でも、すべてという訳にはいかない。そのことは、真昼自身が一番よくわかっていた。いつか聴覚について話すことができるようになったとしても、心の雑音まで聞きとれるのだと話すことがでて延々と、秘密を持ち続けていかざるを得ない。どうしても話せないことが残る。彼に対しきるようになったとしても、まだ彼に対して、どうしても話せないことが残る。彼に対し

真昼の瞳に、知らず知らずのうちに涙が滲《にじ》んでいた。

「どうしたの?」

驚いたように省吾が目を見開いた。真昼は慌てて顔に笑みを浮かべて、首を小さく横に振った。無理に浮かべた笑みにはひきつれが走っていたに違いない。

「本当にどうしたの? 大丈夫?」

「省吾さん、やさしいから」

「よっぽど疲れているんだなあ」省吾が言った。「あんまり無理をしちゃいけない。そんなことをしていると、いつか心まで参ってしまうよ」

喫茶店をでて、省吾と肩を並べて青山の街を歩きはじめる。青山通りを住宅街の方にちょっとはいったところに、おいしいスペイン料理を食べさせる店があるのだという。

「静かな店だよ。住宅の中だし、スペースもゆったりとってある。スパニッシュオムレツもおいしいし、魚介のグリルもおいしい。ワインも確か、うまい白が置いてあったと思ったな。スペインのワインもなかなかいけるよね」

省吾の言葉に笑みを浮かべた顔で頷きながら、寄り添うようにして青山通りを歩く。

今、自分にはこの人がいる――、それだけでずいぶん救われている気持ちがしてきていた。いざとなったら、すべてを話すことはできなくても、この人の胸に飛び込んでしまえ

ばいい。

横断歩道を渡りかけた時だった。肌に刺さってくるようないやな空気を感じて、真昼は反射的に背後を振り返っていた。すぐ後ろに勤め人の一団がいて、真昼の視界を遮《さえぎ》っている。だが、真昼は彼らの頭越しに、見知った男の姿を見た。

鈴木健一だった。人込みの中にあっても頭ひとつ抜けだした、あの大男の酷薄そうな顔が見えた。

死神を見た思いがした。思わずぎくりとなって足が止まる。どうして彼がここに……と、一瞬頭の中が白くなる。

気がつくと、かたわらの省吾も足を止めていた。彼も同じく後ろを振り返っている。省吾の様子に気をとられたせいだろうか、もう一度舗道の人の中に鈴木健一の姿を探そうとしたが、早くも鈴木は人と薄闇に紛れてしまい、もうわからなくなってしまっていた。ひょっとすると真昼に気取《けど》られたことに気がついて、慌てて彼は姿を隠したのかもしれない。

(でも、いた。間違いなくあの男よ)

単に姿を見たように思ったというのではない。肌に気配を感じた。あのざわついたいやな空気は、間違いなくあの男のものだ。いくぶん顔を翳《かげ》らせたまま、再び省吾と歩きはじめる。

「ええと、そこを右だったかな」

不意に省吾が言った。その声にわれに返ったようになって、となりの省吾を見る。

真昼の顔がいっそう曇り、眉根《まゆね》がおのずと強く寄っていた。

省吾の神経が立っていた。ざわりざわりと波立つ気配が、彼のからだの内側から真昼の耳に届いてくる。真昼がはじめて耳にする、省吾の心の波音だった。大きな波ではない。それは波立つ心を、恐らく彼が理性で押さえ込もうと努めているからだろう。

（どうして？）

真昼は思った。

（どうしてこの人の心が波立っているの？）

しかし、冷静な判断を下すことは無理だった。なぜなら鈴木健一の姿を目にしたことで、真昼の心も同じく波立っているからだ。

（どうしてあの男が、鈴木健一がここにいたの？　もしかしてあの人、私のことを尾けてきたの？）

歩きながら、自分自身に問いかける。

（だけど、どうして省吾さんがざわざわしているの？　私がぎくりとした気配が伝染しただけ？　そんなことってある？）

思えば省吾もほとんど同時に足を止め、はっと背後を振り返っていた。

（なぜよ？　何だって省吾さんがはっとなるの？　これってどういうこと？　いったい何を意味しているの？）

もう一度、意識的に集中して、省吾の心の音に耳を傾けてみる。けれどももう心の波音は、真昼の耳に聞こえてこなかった。

頭が混乱していた。自分が次第に落ち着きを失っていくのがわかる。真昼も省吾と同じように、波立つ心を理性で押さえ込もうと試みた。いったん耳に蓋《ふた》をして、頭からあの男の姿を追い払うのだ、でないと省吾に妙に思われる——。

「ほら、あそこ。あの建物がそうだよ」

省吾が前の方を見やって、顎《あご》で指し示すように顔を動かして言う。

「ああ、あの煉瓦《れんが》の壁の建物ね」

言ってから、少し見上げるようにしてかたわらの省吾に顔を向けた。折しも見下ろし加減に真昼の方に顔を向けた省吾と、目と目がぴたりと重なり合う。刹那《せつな》、視線と視線が釘《くぎ》づけになる。

なぜだろう、省吾も真昼も互いの目から自分の目を、すぐに離すことができなかった。時間にすればせいぜい二秒か三秒……ごく短い時間であったに違いない。けれども一瞬にして、かつ永遠のような時間だった。その時、しばらく時間は止まっていた。それも冷たく凍えて止まっていた。

ややあってから、街灯の明かりを映した顔で、省吾がにこりと頬笑《ほほえ》んだ。反射的に、真昼もにこりと笑みを返す。

はた目には、恋人同士が見つめ合い、頬笑み合った甘い絵として映っていたかもしれない。だが、少なくとも真昼の心は固まっていた。

省吾とはこれで四度会っている。彼の顔はもちろんすでによく覚えている。けれども真昼の目には省吾の顔が、はじめて見る相手の顔のように映っていた。見知らぬ男が、自分に向かってやさしく頬笑みかけている。自分も相手に向かって頬笑んでいる。それも互いにとってつけたような作り笑顔で。

たくさんの疑問を抱えたままの心がまた揺れかけていた。

彼ハ何カヲ感ジタ。

ダカラ逆ニ頬笑ンデイル。

彼ハ何ヲ感ジタノカ？

コノ男ニ、騙《だま》サレテハイケナイ。

4

もうじき年が暮れる。新しい年がそこまでやってきていた。

新年、初春……新しい春。

が、真昼の唇から溜息《ためいき》が漏れる。せっかく省吾という恋人を得たというのに、残念ながら真昼は、揚々たる気分で春を待つような明るい気持ちにはなれずにいた。

省吾が連れていってくれたスペイン料理の店、「マドリ」は、彼が言っていた通り、料理もワインも申し分ないし、店内は地下のワインセラーを改造したような造りにしてあって、落ち着いて食事ができる、雰囲気のよい店だった。もの哀《がな》しいフラメンコギターの曲がごく低い音量で流れているだけで、まわりの音もほとんど気にならない。何もかも、実にほどよく感じがいい。本当ならば、「マドリ」で省吾の顔を眺めながらゆったりと料理を楽しみ、あれこれとお互いの話をしながら、楽しい晩が過ごせるはずだった。それができていたら真昼ももっと心に希望を抱いた状態で、きたるべき新年を待つ気持ちになれていたのではないか。

それを、鈴木健一が台無しにした。あの日、あの男さえ現れなければ——。

そう思う気持ちのかたわらで、真昼は顔に青ざめた翳を落として考える。本当に鈴木健一の姿さえ目にしなかったら、それで幸せな時間が過ごせたのだろうか。あの晩のみならず、物事は万事、自分にとって好ましい方向に運んでいたのだろうか。自分は今も幸せな気分でいられたのだろうか。楽しい未来を信じることができたのだろうか。

違うような気がした。

鈴木健一は、なにゆえ青山の街で真昼の後ろを歩いていたのか。真昼が自分を殺人者と疑っていることを察知して、真昼の行動を探っていたのか。

が、ならばどうしてわざわざ尾ける必要があるだろうかという疑問が生じる。真昼は同じマンションに住んでいるのだ。何も尾けてまでして真昼の行動を探る必要はないだろう。

それ以上に真昼にとっての大きな問題は、いうまでもなく省吾だった。真昼が鈴木健一の気配を感じて振り返った時、省吾も一緒に振り返っていた。相手に釣られるということはあると思う。だが、それならなぜ彼は、真昼に問いかけてこないのだろう。「どうしたの?」「誰か知り合いでも見つけたの?」

何事もなかったように歩きだした彼が最初に口にした言葉が「ええと、そこを右だったかな」だ。口にしてもしなくても済む言葉。真昼にはその時彼の台詞《せりふ》が、ひどくちぐはぐで、その場の空気からすっかり浮き上がっているように感じられた。

しかも、彼には明らかな動揺の色が見られた。見られたという言葉は正しくない。たぶんふつうの人が見たら、彼はいつもと寸分《すんぶん》変わりがなかったと思う。だが、真昼は彼の心のざわめきを聞いた。雑木林の葉擦《はず》れのような音だった。胸騒ぎの音に近いいやな音だ。

なにゆえ省吾が心をざわつかせなければならないのか、真昼にはまったくもって謎《なぞ》だった。それ以前に、省吾はどうして振り返ったのか。彼はあの時何を感じたのか。舗道に何を見たのか。彼もまた鈴木健一を目にして動揺したのか。だとすればなぜ——。

謎は連鎖のように派生して深まる一方だった。

「マドリ」でも、省吾はいつもと様子が違った。春の陽射《ひざ》しのような穏やかな笑みを浮かべた顔は相変わらずだし、ワインを注《つ》いでくれたり、料理を取り分けてくれたり……真昼にも充分気を遣ってくれていた。が、ぽっと心が抜けている瞬間があった。心がよそにいっている。何かに気をとられている。とはいえ、それは省吾に限ったことではなかった。

真昼もまた、ナイフとフォークを動かし、料理を咀嚼《そしやく》しながらも、よそごとに気をとられている瞬間が、あの晩必ず何度かあったはずだ。だからせっかくの料理の味もワインの味も、わからなくなっていた。

そんな時、互いに互いを密《ひそ》かに窺っている相手の目に気がつく。目が合うと、唐突に笑みを交わし合う。僕は何も考えていませんでした、私は何も考えていませんでした、といわんばかりの無言の笑み。

（まやかしだ）

真昼は思った。

省吾の笑みだけを非難するつもりはない。真昼自身も含めて、あの時二人が交わし合った笑みの大半がまやかしだった。

（あんなのはただの誤魔化《ごまか》しよ）

食事をした後、場所を移し、静かなカウンターバーで酒を飲んだ。真正面から顔を見交わさないで済む位置になったことが、気持ちの上で楽だった。省吾の心に耳を傾けてみても、特別雑音のようなものは、もう聞こえてこなかった。だからといって、真昼はいつものようにくつろぐこともできなかった。なぜなら、彼が意識的に自分の心の動揺を押さえ込んでいるのが、まだ感じとれたからだ。誰にも悟られまい——、明確な意識を持って彼は平静を装っていた。省吾というのは、それができる人間なのだ。そのことも、真昼はあの晩はじめて知った。

同類……真昼もまたそれができる。そういう人間同士だから、あるいは親しくなれたのか。

（彼も音は得意じゃない）

窓辺に歩み寄り、表の景色を見ながら考える。

（私と同じように物音もあまり立てない）

真昼の顔の上に落ちていた青い翳が濃さをまし、藍《あい》色に色を変えていく。

（省吾さん、本当に同類かもしれない……）

真昼は爪《つめ》を嚙《か》んだ。嚙みながら、横断歩道を渡っていた時のことを必死で思い出そうと努めていた。頭で思い出すのではない。耳と肌で思い出すのだ。

何かに弾《はじ》かれたように、真昼の背筋がぴんとのびた。

（知っている）

真昼自身、あの時は鈴木健一の突然の出現に驚いていた。不意討ちに対する〝ぎくり〟は自分でも止めようがない。意識しては抑えられない。脳からの命令が後手《ごて》になり、どうしても間に合わないのだ。そういう状態だったから、かたわらの省吾の気配を正確に捉《とら》えていたとはいいがたい。けれども彼もまたぎくりとしていたことは事実だった。そして真昼はその感触に覚えがあるということを、たった今、耳と肌で思い出していた。

（私は、省吾さんの〝ぎくり〟を知っている）

人が突然のことにぎくりとなった時、発する電気は似通っている。それでも個人差、個体差、あるいは個性とでもいったらいいのだろうか、人によって微妙な違いがある。その後に伝わってくるざわついた波音も、人それぞれ異なっている。

彼が真昼の前でぎくりとなったのははじめてのはずなのに、真昼は、省吾の〝ぎくり〟を知っていた。真昼の記憶簿の中に、すでにそれは登録されていた。

眉を寄せ、いっそう額の翳を濃くして考える。

(私、何だって知っているの? あの気配と感触を、いったいいつどこで感じたことがあるっていうの?)

あ、と真昼の口が開いた。が、音は発せられなかった。雷に打たれでもしたかのように、しばし固まったままで立ち尽くす。

思わず窓に背を向けて、よりかかるようにしながら顔を両手で覆う。手に震えが走っていた。

(嘘《うそ》、嘘……)

心で「嘘」と言葉を重ねるのは、本当にそれが嘘や間違いだと思っているからではない。そんなことはないと、無理矢理にでも否定してしまいたいからにほかならなかった。

思い出した。

省吾のぎくりとしたあの気配は、五階の男がぎくりとした時の気配と同じだった。

省吾があの時立てた不穏な気配は、鈴木健一が上で立てる気配と、見事なまでに重なっている。

（なんでよ！）

顔を手で覆ったままで叫びを上げる。

（なんで鈴木健一と、省吾さんが心で立てる雑音が、同じだなんてことが起こるのよ！）

真昼の耳と肌の記憶が正しいとするならば、鈴木健一＝潮見省吾ということになってしまう。

だとすれば、あのいかにも人殺しといった感じのする、肩幅が広くてからだの大きい、頬骨の張った恐ろしげな男は何者なのか。あれが鈴木健一ではなかったのか。鈴木健一ではないのなら、どうしてあの男の心は、殺意までをも含んだぞっとするような轟音を立てていたのか。五〇七のメールボックスを開けていたのか。

日めくりならあと二枚。手を伸ばせば届くところにまで新しい年はやってきている。正月には、省吾と会う約束もしている。寺や神社にいくと、初詣《はつもうで》客で溢れ返っているので疲れてしまう。だからのんびり街歩きでもして食事をしよう、と省吾は言っていた。

「横浜においで」省吾は言った。「もう何年も住んでいるからね、横浜の街を僕が案内してあげる。横浜でも、静かなところはあるんだよ。何ならホテルをとってあげようか。そうだ、泊まりがけできたらいいんだ。それならゆっくりできる」

（横浜）

真昼は顔を上げ、心の中で呟いた。

（そうよ、省吾さんは横浜に住んでいる。このマンションの五階に住んでいるはずがない

じゃないの）

何とかそれを拠《よ》りどころにして、安心しようと試みる。しかし理性ではなく本能が、そんなことでは宥《なだ》められまいとするように、頑《かたくな》に首を横に振り続けていた。

ナラバドウシテ潮見省吾ハ、五階ノ男ト同ジ雑音ヲ持ッテイルノカ？

ソレハ潮見省吾＝五階の男＝鈴木健一ダカラデハナイノカ。

（いや！）

真昼は再び頭を抱え込んだまま、床の上に坐《すわ》り込んでいた。珍しく、真昼のからだがゴンという、床を打つ鈍い物音を立てていた。

第四章　疑惑

1

あっという間に松の内が明けてしまっていた。

正月休み、真昼は省吾と会わなかった。省吾には、ひどい風邪《かぜ》を引き込んでしまったとメールした。

せっかく真昼さんに横浜を案内しようと思っていたのに、とても残念だ——、省吾からは、そんなメールが届いていた。

まったくのでまかせではなかった。上に鈴木健一なる男が越してきてから、真昼は神経が休まる間がなかった。そんななかで、自分の命と生活をつなぐため、一所懸命に仕事をしてきた。省吾と出逢《であ》った。救われたと思った。が、ようやく安らぎを得たと思ったのも束《つか》の間、心は一転、天国から地獄へと墜落した。

落胆のあまり、からだの中でぴんと張っていた糸が、一瞬緩《ゆる》んでしまったのかもしれない。日頃気をつけているので、滅多《めった》に風邪などひくことのない真昼が、咽喉《のど》を傷《いた》めて熱をだした。七度八分——、たいした熱ではないし、少し頭が痛くてからだがふらつくぐらいで、日常生活に支障はない。もしもあの日ああいうことがなかったら、気持ちが熱など捩《ね》じ伏せて、少々無理をしてでも、真昼は省吾に会いに出かけていたと思う。

静かな正月だった。暦の関係で、割合長い休みがとれた人が多かったのだろう。真昼が暮らすマンションの住人も帰省した人間が多いとみえ、いつもの年よりさらにしんと静まり返っている感じがした。

鈴木健一はいた。少なくとも大晦日《おおみそか》から三が日の間は部屋で過ごしていた。頭の上で彼の動きと気配を感じるたび、真昼は息を殺すようにしながらも、頭の中で呟《つぶや》いていた。

(あなた、誰なの？　あの大男なの？　それとも上にいるのは省吾さん、あなたなの？)

本来なら横浜で会っているはずの男と女が、久我山の同じマンションの上と下で孤独な正月を過ごしているとしたら、それこそ笑止だった。ただし、本当には笑えない。

オーナーの高木彰治は、マンションのすぐ近くのビルで、内装業を営んでいる。正月休みが明けた頃、真昼は思い余って、高木の店を訪ねてみた。

「あれ、吉川さん。どうなさったんです？」

おずおずと店にはいってきた真昼の姿をみとめて高木が言った。

「実はちょっとお伺いしたいことがありまして」

店を訪ねる前から、言い訳は考えてあった。にわか仕立てのストーリーだ。真昼は高木に作り話をして聞かせた。

実は郷里の幼なじみに、鈴木健一という名前の少年がいた。家同士も親しくしていた。

が、鈴木一家に不幸と呼ぶにふさわしい出来事があって、一家で地元を離れたきり健一を含めた鈴木家の人々の消息が知れない。鈴木健一という名前はありふれている。だが、近頃、五階に住んでいるのが、その少年ではないかという気がしてならなくなった。かといって、突然、「健一君ですか？」と訪ねるのでは、頭がおかしい女とも思われかねない。まったくの人違いであればなおさらだ。また、相手を無駄に驚かせてしまうのも困る。

「それでオーナーさんに、ちょっとお伺いしてみようかと思って、先にお訪ねしてみた訳なんです」真昼は言った。「鈴木さんご一家には、うちはいろいろお世話になったもので」

「鈴木さんねえ」

高木は自分が承知している鈴木の素性と経歴を、頭に思い浮かべるような顔をしながら呟いた。どこまで話していいものかというためらいも、心の中にはあったと思う。

「歳《とし》は、吉川さんより少し上ですよ」高木が言った。

「ええ、健一君も四つほど上でした」

「まあ、歳は合ってるかもしれないけど……どうだろうなあ、私も出身地までは知らないし、何ともねえ」

「見た目はどんな感じのかたですか？」

「今の見た目？　そうねえ、背は百七十センチ、あるかどうかかな。ちょっと小太りっていえるかもしれないな。まあ、いかにもまじめそうなサラリーマンって感じのかたですよ。いや、実際堅い会社にお勤めでね」

「堅い会社って?」

「鉄骨関係の会社ですよ。彼は設計士だか何だかの資格を持っていたんじゃなかったかな」

「設計士」

「顔は……ほら、何とかいうアナウンサーにちょっと似ていますよ、朝のあの番組にでている――」

番組名を耳にして、高木が言っているのがどのアナウンサーのことかが真昼にもわかった。縁のない眼鏡《めがね》をかけた、優等生のなれの果てみたいなアナウンサーだ。〝とっちゃん坊や〟というのが一番近い形容かもしれない。

高木の口から鈴木の容貌《ようぼう》を耳にするにつれ、真昼の顔は曇っていった。

それはまさしく鈴木健一だ。真昼が名前からイメージする相手にふさわしい鈴木健一像だ。けれども、真昼が目にした大男とも省吾とも、見た目でまったく違っている。高木のいう鈴木健一は、あの大男でもなければ省吾でもない。また一人、新しい男が出現してしまった。

「ぴんとこないみたいですね」

冴《さ》えない顔色をした真昼を見て、いくぶん笑みを含んだ表情で高木が言った。

「ええ。何だかちょっと違うような……。だいたい、鈴木健一って、あまりにありふれた名前ですものね。やっぱり私の思い込みかもしれません」

「私も契約なさった時に一度しかお目にかかってないので、確かなことは言えないんですよ。でも、まあだいたいそんな感じの人でしたよ」

「ごめんなさい。お忙しいのに、何だか馬鹿なことを聞きにきてしまったみたいで。本当にどうも申し訳ありませんでした」

真昼は頭を下げて、高木の店をでた。

とぼとぼと活気のない足取りでマンションに向かいながら考える。すべては自分の妄想だったのだろうか――。

高木のいう鈴木健一が五〇七の住人だとすれば、そう考えるよりほかにない。彼は名前にふさわしく、平凡だがまっとうな姿かたちと職業を持ち、設計の仕事に精をだしている。家に帰ってこない日があるのも、設計の仕事が忙しくて、徹夜で仕事をしていると考えれば納得がいく。

あまり物音を立てないのも、単にそういう性分《しょうぶん》なだけかもしれない。そして彼にとっての家は、休息をとるためだけの場所。柴田の時と同じようなものだ。

(じゃあ、なぜ執拗《しつよう》に手を洗うのよ? どうして時々ぎくりとして落ち着かなくなるのよ? 悪夢に魘《うな》されたりするのよ?)

自分を誤魔化《ごまか》そうとしても、元から内に抱えていた疑問が、追いかけるように噴き出してくる。

(それがどうして省吾さんと一緒の音なのよ? あの大男は誰なのよ? どうして青山に彼はいたのよ?)

結局、疑問も疑惑もひとつも氷解していないことに、肩が落ちる思いになる。冷たい風に当たったせいか、頭が少し痛む気がした。心なしか、背中もいくぶんぞくぞくする。治りかけていた風邪がぶり返しそうな感じがして、真昼は歩調を早めた。

（こんなことをしていたら、仕事もからだも、みんな駄目になってしまうわ。何とかしなければ）

マンションの入口にたどり着き、部屋に上がるついでにメールボックスを覗《のぞ》いた。

郵便物はきていなかった。が、一枚、折り畳まれた白い紙がはいっていた。

近頃は、宅配寿司だの宅配中華だの、あるいは中国鍼灸《しんきゅう》・整体治療院だののチラシが、よくメールボックスにはいっている。なかにはパソコン印刷したものやワープロ打ちしたものなど、手作りのチラシも少なくない。真昼にとっては、取ってただゴミ箱に捨てる労力を要求されるだけの迷惑なものでしかない。が、入れっ放しにしておく訳にもいかない。真昼は仕方なしに取りだして、一応開いて中を見た。

警告！
五〇七の男に近づいてはいけない。
殺される！
五〇七の男は人殺しだ。

たったそれだけの文章が、大きな太いワープロ文字で打たれていた。黒い文字を浮かび上がらせた白い紙が、波打つように細かく震えていた。実際に震えているのは紙ではなく、それを手にしている真昼の指だった。

(妄想じゃない。やっぱり妄想なんかじゃないじゃない!)

真昼は心で悲痛な叫びを上げた。

(誰なの? 五〇七の男って、いったい誰のことなの? それに誰? 誰がこの紙を入れたのよ)

迷路にはまった。真昼は軽い眩暈《めまい》を覚えていた。それは何も完全に抜けきっていない風邪のせいばかりではない気がした。

眩暈を覚えながらも、真昼は早足で階段をのぼりはじめた。エレベータのボタンを押して、ドアが開いた時、中にあの大男が、省吾が、乗っているのが恐ろしかった。閉じられた箱の中で、誰かと二人きりになるかもしれないことが、真昼は恐ろしくてならなかった。

真昼はふらつきながらも、必死で階段をのぼっていった。

2

真昼は、前に京子と待ち合わせをした銀座の喫茶店で、コーヒーを飲みながら文庫本に目を落としていた。「シャロン」という名前の喫茶店だ。

真昼の目は、本の上に注がれていたし、事実活字を追ってもいた。その証拠に、指で時折本のページが繰られていく。が、頭は活字を捉《とら》えていなかった。一心に、べつのことばかりを考えていた。

何もかも、もう曖昧《あいまい》にしていていい段階ではなくなってきている気がしていた。このままでは本当に、神経がどうにかなってしまう。とるべき道はふたつにひとつ。それも真昼にはわかっていた。

ひとつは静かに今住んでいるマンションから引っ越して、メールアドレスも変えることだった。むろん省吾に新しいメールアドレスは告げないし、宇佐美京子にも、もう省吾とは連絡をとりたくない旨をはっきりと伝えて、彼には新しいアドレスを知らせないようにしてもらう。

上の男のことも関係ない。五〇七の男が誰であろうが、また、人殺しであろうがなかろうが、構わずこちらが消えてしまうことだ。要は今抱えているすべての疑問を放擲《ほうてき》して、自分と自分の暮らしを守るのだ。

いまひとつは、抱えている謎《なぞ》を解き、事実を究明するという選択だった。事実を摑《つか》むことは、たぶんそんなに難しいことではない。自分の身を守ろうとさえしなかったら、真昼はすぐにでも事実を見ることができる。

五〇七に、間違いなくあの男が帰ってきたとわかったら、一階分だけ階段をのぼり、五〇七の呼び鈴を押したらいい。その時ドアをあけ、真昼の前に姿を現したのが鈴木健一だ。

いや、鈴木健一というのが本当の名前かどうかはわからない。五〇七に身を置いている人殺しの男、というのが一番当たっているのかもしれない。顔をひと目見さえしたら、一切はすべて明らかになる。ただし、その直後に、自分がどうなっているかはわからなかった。

これまでの真昼であれば、間違いなく前者を選択していたことだろう。それでなくとも音を避け、分厚いコンクリートに固められた要塞《ようさい》のような住まいを探し、身を潜めるようにして生活してきた真昼だ。その中に籠《こ》もって静かに仕事をしていられれば、それで充分幸せだった。

にもかかわらず、真昼はすんなりと前者を選択できずにいた。省吾のことがあるからだ。はじめて真昼が出逢ったくつろぎを得られる男。一度は同族、同志とまで感じた相手だ。その男が何者であるかを見きわめることなく逃げだしてしまうことが、果して正しい選択といえるのか。

きわめて分《ぶ》はよくないものの、彼が五〇七の男と同一人物ではないという可能性も、まだ残っていることは残っている。省吾は横浜のカノン製薬の研究員で、横浜の寮に住んでいる。何か事情があって外に部屋を借りるにしても、もっと通うのに近いところを選ぶのがふつうだろう。週に四日か五日であれ、久我山などに住むはずがない。

もしも潮見省吾＝鈴木健一＝五〇七の男という真昼の中の図式がまったくの妄想であったとしたら、真昼はあとあと取り返しのつかない後悔に苛《さいな》まれることになる。運命の相手、生涯唯一の人かもしれない男を、自らの弱さゆえに失うことになるのだ。

真昼は、心の中で首を横に振った。

あれもこれも理屈でしかない。本当は、そんなことではなかった。真昼は省吾のことを、すでに好きになってしまっていた。その気持ちを、いきなりなかったものとして消してしまうことができない。頭で割り切ることができ、それによって判断を下せることなら楽だった。が、感情はそうはいかない。理性とは別物だからこそ、同じ意識の働きでも、〝感情〟として分けられている。

悩んだ果て、真昼は後者を選んだ。たとえこの先何が起ころうとも、この目で事実を確認する——、理性の声に耳を塞《ふさ》いだのだ。

だから今日、真昼は省吾と待ち合わせをした。彼の気配や心が立てる波音が、五階の男と本当に同一か、耳と肌で感じとるのが目的だった。

それには五階の男の気配や心の波音もまた、正確に知っておく必要があった。もちろんだいたいのところは、これまでの生活のなかで摑んでいる。が、日を置くことなく、明らかに二人の発するものを比較してみたいと考えた。それゆえ昨日の晩、鈴木健一が上の部屋に帰ってきてからというもの、仕事も自分の日常の営みも放《ほう》り出して、真昼はただただ上の気配や物音に、耳を欹《そばだ》て続けていた。そうするからには、彼には何としてもぎくりとしてもらわねばならなかった。

木曜日、鈴木がマンションの部屋に帰宅することが多いのは、この四ヵ月の彼の生活のパターンでわかっていた。それで真昼は前日の水曜日に、わざわざ渋谷まで出向いて鈴木健一宛に宅配便を送っておいた。差し出し人の名前も鈴木健一。宅配便の中身は人形だ。

人形というのは気持ちが悪い。人形という文字が示しているように、それが人の姿形を写したものであり、もともとはそこに魂を呼び込むことを目的としていたものだからだろう。形は中身を規定する。やはり何でもない木片よりは、手足があって髪もあり、目鼻がついた人形の方に、不思議と魂は宿る。真昼はなるべく呼び込む力が強そうな、どこか気味の悪い感じのする人形を探し歩いた。本当なら、手足のもげた泥まみれの人形を送りつけたかった。それは彼の悪夢と共通する。彼が本当に人を殺しているならば、また、夢と同じように殺した相手を土の下に埋めているならば、それを見てどきりとせずにはいられまい。

が、真昼もそこまではできなかった。真新しい人形の手足をもぎ、泥だらけにすることに心痛む思いがしたからではない。真昼自身、そうすることが恐ろしかったのだ。人形に手をかけようとしただけで心臓がどきどきして、指が震えた。したがって、鈴木健一のもとに送りつけたのは、売られているままの姿をした、きれいなさらの人形だった。透明なビニルに覆われて、手垢《てあか》ひとつついていない。

宅配便は、夜間配送を指定しておいた。

上の呼び鈴が鳴ったのは、晩も午後十時近くなってからだったろうか。鈴木がすでに帰宅《きた》していたのが幸いだった。

自分の方がコトコト心臓を走らせてしまいそうになるのを何とか抑えて、真昼は上の気配に耳を傾け、ひたすら意識を集中させた。

鈴木は、まず、自分自身の名前と住所で、自分にはまったく覚えのない荷物が送られてきたことに動揺していた。空に一気に雨雲がひろがりだす時に吹く風がある。あれとよく似た気配が伝わってきた。雑木林の梢《こずえ》をざわざわいわせる湿りけのある不穏な風だ。

いくらか逡巡《しゅんじゅん》した後、鈴木が包みを開ける。続けて箱の蓋《ふた》をとる。

人形を見た。

波がきた。決して小さな波ではなかった。ざわりと大きな波が押し寄せた後、それが寄せては返すように、しばらくざわついた気配が真昼の耳に伝わってきていた。彼の心臓が駆けている。明らかに、鈴木健一は落ち着きを失っていた。

やがて静けさと沈黙がきた。それはしばらく続いた。しかし、ただの静けさと沈黙とは違った。彼の発するざわついた気配は、さざ波のように真昼の肌に伝わってきていた。彼は頭の中で、ひたすら考え続けている。

いったい誰がこんなものを送りつけてきたのか。あいつか、それともあいつか。俺のことを疑っているのか。それとも何か確証あってのことなのか。差し出し人を俺にして、自分の名前を伏せたのは、これから俺を脅迫するという意思のあらわれなのか。目的は何だ？　金か。俺の罪を暴くことか。それとも俺を破滅させることか——。

誰かが自分の秘密を承知しているかもしれない。自分が人殺しだということに勘づいているかもしれない……目に見えない脅迫者の姿に、鈴木健一は息を殺しながらも脅《おび》えていた。

ガサガサと音がした。ふだんの彼には似つかわしくない乱暴なやり方で、人形をゴミ袋に葬る。

その後も、しばらく彼は平静な状態に戻ることができず、立ったかと思えばまた坐《すわ》り、坐ったかと思えばまた立ち上がりと、部屋の中を無駄にうろうろしていた。

そして思い出したように手を洗う。二度、三度と、少し時間を置いては重ねて手を洗う。それも時間をかけて執拗にだ。

(見なさい。やっぱりあんたは人殺しよ!)

真昼は心の中で快哉《かいさい》を叫んだ。その時頭の中には、あのからだの大きな男の顔が浮かんでいた。土色をした顔をひきつらせて、脅えたような目の色をして、彼がじっと人形を見据えている。

真昼のこうべが心なしか垂れた。

それは真昼の頭が描いた勝手な映像にすぎない。今、人形を見て脅えていたのが、もしも省吾だったとしたら……いやな想像だ。だが、それを確かめるために、五階の男に人形を送った。いまさら後戻りはできなかった。

真昼は、ふと気配を感じて顔を上げた。

店の中、真昼から三メートルほど先に、省吾の姿があった。顔を上げた真昼に向かって、柔らかな笑みを向けている。それに応《こた》えるように、真昼も顔に笑顔を浮かべた。自然に浮かんだ笑みだった。それぐらいに、省吾はいい顔をしていたし、目にも真昼に対する愛情に近いものが宿っているのが感じられた。それに省吾は、やはり銀色に輝いている。

私はこの人を試そうとしている——、そう考えると、胸に一抹の痛みを覚えない訳にはいかなかった。

「僕もコーヒー」

近づいてきたウェイトレスに省吾が言う。ウェイトレスは頷《うなず》きながらも、やや省吾に顔を寄せて囁《ささや》いた。

「あの、失礼ですが、お客様は、鈴木健一様でいらっしゃいますでしょうか」

ざわりがきた。思っていた以上に大きな波だった。

え？　というように、眉《まゆ》を寄せて省吾がウェイトレスを見る。それからやや不機嫌そうに表情を濁らせて首を横に振った。

「違いますよ。鈴木って、それはどういうこと？」

「大変失礼いたしました。午後七時半に、鈴木健一様という若い男性の方がお見えになるはずだからと、お電話でのご伝言がございましたもので。申し訳ありません」

ウェイトレスは恐縮しきったように省吾に頭を下げた。が、去っていくその後ろ姿には納得いかないというような、不満の色が滲《にじ》んでいた。

真昼が仕組んだことだった。

午後七時半、三十ぐらいの年格好の、鈴木健一という名前の男性が女性との待ち合わせで店にくるはずだ。その男性がきたら、田端《たばた》のところに至急電話を入れるようと必ず伝えてほしい——、前もってそう電話をしておいた。店の方は明らかに困惑気味で、できれば断りたいという姿勢だった。今の時代、携帯電話でたいがいの連絡はつく。なのにどうしてそんな面倒なことを頼まれるのかと訝《いぶか》しげでさえあった。そこを押して真昼は頼んだ。

ウェイトレスが近づいてきた時から、真昼は全神経を省吾に集中させていた。この時を逃しては意味がなかった。一昨日から昨日にかけて続けてきた努力が水泡と化す。

最初、ぐらりとするような大波がきて、それが寄せては返すような波音を立てていた。眉を寄せて違いますよ、と言った時も彼の心臓は駆けていたし、その後もしばらくざわついた波音が、海鳴りのように真昼の耳に響いてきていた。

「なあに？　人違い？」

自分の緊張を悟られまいとするように、真昼は努めて明るい表情をとり繕《つくろ》って省吾に尋ねた。

「ああ、人違い……そうみたいだね」

省吾もいつもと変わらぬ表情を顔に浮かべて真昼に言った。が、それもまたとり繕われた表情だった。

目が穏やかな光を失っている。その目はすでに目の前の真昼を捉えていない。彼は頭の中で、べつの思いに囚《とら》われている。

誰が何だってここにそんな電話を寄越したんだ？　鈴木健一、どうしてその名前がでてきたんだ？

真昼もまた、胸が潰《つぶ》れる思いでいた。絶望が、からだの芯《しん》から津波のように押し寄せてくる。ほんのちょっぴりでも気を緩《ゆる》めたら、瞳《ひとみ》から涙が溢《あふ》れてくるのではないかと思われた。必死で自分の心に蓋をする。悟られてはいけない。今、この人に知られてはいけない。そうしたら私は今日、無事に家には帰れないかもしれない。

真昼にとっては、あまりに哀《かな》しい結果だった。だが、やはり真昼は省吾の心の波音を、四ヵ月前から承知していた。それは昨日の晩も、確かに感じた波音だ。

潮見省吾＝鈴木健一＝五〇七ノ男。

潮見省吾＝人殺シ。

不意にわれに返ったように真昼の顔に目線を据え、省吾が爽《さわ》やかに頬笑《ほほえ》んだ。

「おなか空いたね、ご飯、食べにいこうか」

真昼も顔に笑みを浮かべた。が、いくらか哀しげで、冷やかさを含んだ笑みだった。静かな口調で真昼は省吾に言った。

「省吾さん、あなた、まだ頼んだコーヒーもきていないのよ」

ふだんは落ち着きはらっている省吾の顔に、小さな狼狽《ろうばい》のさざ波が走る。

鈴木健一といわれた動揺がまだ消えていない。何とか平常の状態に戻そうとしても、意識が自然とよそに向かってしまう。だから目の前のことがお留守になる。コーヒーを飲んでもいないことさえも、ぽっと失念してしまう。

真昼にしても似たようなものだった。何を口にしていても、頭の中では執拗に同じ言葉が繰り返されている。

コノ男ハ鈴木健一。人殺シ。

五〇七ノ人殺シ。

3

食事をしている間、真昼も省吾もお互いに、滑らかに言葉を送りだし合ってはいた。表情にも硬いところは少しもなかったと思う。が、表面が滑らかであればあるだけ、その実言葉は上滑りしていて、やはり会話は嚙《か》み合っていなかった。

省吾は頭の中で、自分の正体が何者かに割れているらしいということばかりを考えている。その人間が誰なのか、目的は何なのか……そこから派生する思いを追いかけるのに、さぞかし忙しかったに違いない。当然不安も抱えていたことだろう。真昼はといえば、そんな省吾を、内心ただただせつないような思いで眺めていた。

真昼はもう九十九パーセント、彼が五〇七の男であり、かつ殺人者であると確信している。それでいて、一分一秒でも人殺しなどと一緒にいたくない、今すぐにでも省吾の前から逃げだしたい、という気持ちにはなれずにいた。反対に、もう少しだけ、この人と一緒にいたいと願っている。だからこそせつない。

百パーセントのうちの残り一パーセント、それは真昼の未練だった。一縷《いちる》の望み、いや、藁《わら》にも縋《すが》る、というのが実際のところかもしれない。どんなにささやかでもいい、この人は鈴木健一でもなければ人殺しでもないという可能性を、何とか残しておきたい——。

真昼にしてみれば、はじめて想いを懸《か》けた男だった。省吾は、何もかもが真昼の好みに叶《かな》っている。彼との未来を胸に描いたこともある。彼はそれが可能かもしれない相手だったし、真昼の中では、まさしく運命の相手、生涯唯一の人だった。彼が殺人者であると確信した今も、その思いが残影のように心にとどまっていて、すぐさま彼を恐れたり、厭悪《えんお》することができなかった。どうしてもそういう気持ちにはなれない。

(恋じゃない。いつの間にか私は、この人のことを愛していたんだわ……)

不思議だった。彼とは上下で四ヵ月余り、ともに生活をしてきた。大きな意味でいえば、同じ屋根の下で、一年の三分の一を一緒に過ごしてきたのだ。その間真昼は一度として、五階の男に心魅《ひ》かれたことはない。なのに省吾には心魅かれている。二人は同じ男だというのにだ。真昼は自分でも、行き惑い行き暮れる気持ちをどうしていいのかわからなくなっていた。

「何だか外はとっても寒くなってきたみたい。――私、病み上がりだから、今日は早く帰ろうかな」

折を見て、さり気ないふうを装って真昼は言った。彼から逃げだしたかった訳ではない。これ以上、省吾の顔を見ているのがつらかったのだ。自分一人になって、これからどうするかを、じっくり考えたくもあった。省吾も、敢《あ》えて真昼を引き止めなかった。恐らく彼も本心は、早く一人になって自分の思いに浸りたかったのに違いない。彼は少し街をぶらついて帰ると言った。

早々に別れて帰途につく。地下鉄に揺られながら、真昼ははっと思い至った。省吾は、今夜どちらに帰るつもりでいるのだろう。

ほとんどメールでのやりとりだけでここまできた。住所はまだ教えていない。だから省吾は今でも京子が誤って教えたまま、真昼が久我山ではなく、浜田山に住んでいると思っている。同じ道筋、同じように帰れば、途中で同じ電車に乗り合わせたり、同じ時刻にマンションにたどり着いたりするようなことにもなりかねない。ばったり顔を合わせるのだけはごめんだった。

仕方なしに途中で地下鉄を降り、一時間ほど本屋で時間を潰した。雑誌を手にしてページを繰ってはいたものの、やはり真昼の目は何も見てはいなかった。だから記事はひとつも覚えていない。

久我山の駅からマンションに向かう。歩きながらも、真昼はいつになく自分が緊張しているのを感じていた。今までは、何ということもなく歩いていた道だ。それが上にいるのが省吾だとわかった途端、闇《やみ》に乗じて身を潜めて歩くような具合になってしまった。無意識のうちにも息を詰めているし、あたりをさかんに気にしている。仮に近くに省吾がいるのなら、先に自分が彼を見つけて、うまく目を避けなければ、と考えている。

いざマンションにたどり着いても同じことだった。ここで省吾に会うのが最もまずいという気持ちが先に立って、自然と身が縮んでしまう。心臓が、ひとりでにコトコト駆けて、動悸《どうき》がして落ち着かない。まるで真昼の方が、心に後ろ暗いものを抱えた逃亡者のようだった。

わがことながら滑稽《こっけい》だった。昨日までの悠々とした自然さは、どこに掻《か》き消えたものかと思う。

自らを笑いながらも、まったく緊張はとれなかった。真昼は息を殺し、足音を忍ばせて、急ぎ足で階段をのぼった。

㈲アマランス——、四〇七の真昼のメールボックスにはそうでている。部屋の右上のネームプレートも、吉川真昼ではなく㈲アマランスとなっている。もしもこれが吉川真昼とでていたら、彼も京子から紹介された時点で、すぐに同じマンションに住む女だということに気がついていただろう。吉川という苗字《みょうじ》はともかくとして、真昼という名前は珍しい。

記憶に残る。㈲アマランスとでていて、吉川真昼の名前はでていないということが、真昼には救いであると同時に皮肉なことにも思われた。もしも最初から真昼が下の部屋に暮らす女だとわかっていたら、省吾も彼女に近づかなかったに違いない。

部屋にはいって、すぐに上の物音に耳を澄ませる。

省吾は帰っていた。この休みは会社にでる用事はないと言っていたから、週末、彼はこちらで過ごすつもりなのだろう。

真昼の顔が斜めに歪《ゆが》んだ。考えただけで、気が狂いそうだった。

自分のマンション、自分のテリトリー内にありながら、姿を見られぬよう、気づかれぬよう、おどおどしながらこの土、日を過ごさねばならないのか。しかも上にいるのはもはや見知らぬ男ではない。真昼がいとおしく思っている潮見省吾だ。彼が頭の上に存在している。

思わず真昼は天井に向かって手を伸ばしていた。彼に触れたい、彼を捕まえたいという思いがある。一方で、五階の男を鬱陶《うっとう》しくも忌まわしく思っている心がある。同一人物だとわかったのに、真昼の中ではまだ省吾と五〇七の鈴木健一なる男が、感覚的にイコールで結びつかない。結びつけられない。

（どうしたらいいの）

真昼はソファに坐り込んだ。問題は、真昼が省吾を諦《あきら》めきれずにいるということだった。彼を愛してしまっているということだった。その気持ちさえなかったら、もっと楽でいられたものを。

ふと真昼は思った。

彼はどうして人を殺したのだろうか——。

五階の男のことを、シリアルキラーと思っていた時期もある。が、省吾が五階の男だとするならば、シリアルキラーということはまずないだろう。彼がここに帰ってこない日があるのは、研究員という仕事柄、研究所に泊まり込んだり深夜までとどまったりする必要性が生じるからにほかならない。

省吾が殺したのは一人。女……それはともに見た彼の悪夢の中身から考えてもわかる。彼はどうしてその女を殺したのか。弾みだったのかもしれない。あるいはその女との間に、彼女を殺さなければどうしようもないような事情や経緯《いきさつ》のようなものがあったのかもしれない。

(真昼、どうするの?)

真昼は自分に問いかけた。

省吾は悪人ではない、何かの事情で人を殺すような羽目になってしまったが、そのことに苦しんでいるし、重ねて罪を犯すような人間でもないと信じるのか——。

信じたかった。愚かしいことかもしれない。けれども真昼は、その事情が自分にとって納得いくものであるならば、省吾とこの先もやっていく気持ちを、失わずにいられるような気がした。

二度目に会った時、省吾と交わした会話が思い起こされた。

「〝しーん〟という無音の音をぜひ聞いてみたいね」

いい顔をしていた。月のような柔らかな光を湛《たた》えた瞳をしていた。あの時真昼も夢を見た。省吾と一緒に無音の音を聞くという夢だった。それは真昼にしてみれば、彼とともに生きていくという夢であり、決意だった。

（そうよ。省吾さんは本来人を殺すような人じゃない。そんなことになったのには、何かよほどの事情があったに決まっている）

思いとはべつに、真昼に囁く理性の声もあった。

ナラバドウシテアノ男ハ、鈴木健一ト名前ヲ偽ッテイルノカ。

密《ひそ》カニココデ暮ラシテイルノカ。

謎は、ほかにもまだ残っていた。あの大男だ。彼はいったい何者なのか。そして真昼のメールボックスに「警告！」とワープロで打たれた手紙を入れたのは誰なのか。あの大男がしたことなのか。それとも――。

真昼は頭を大きく左右に振った。それからゆっくりとソファから立ち上がった。胸に渦巻く思いに気をとられていて、エアコンのスイッチを入れることすら忘れていた。お蔭《かげ》ですっかりからだが冷えきってしまっていた。

室外機がモーター音を立ててまわりだす。五階の男が、ちらりと意識をそちらに振り向けた気配がした。階下の音でも、上に聞こえる音がある。

上を見上げた。口の中で「省吾さん」と小さく呟く。「私、下に帰ってきているのよ」救いようのない馬鹿だと自分でわかっている。だが、真昼は省吾が好きだった。どうしても失いたくないという自分の気持ちを打ち消すことができない。

（あの人と離れたら、私は一生誰にもめぐり逢えない。あの人以外に、私が一緒にやっていける相手はいない）

真昼の瞳に、心にしっかりと根ざした意志の強い輝きが宿っていた。

（殺されてもいい）

真昼は心で呟いていた。

（私はあの人と、無音の音を一緒に聞きたい）

4

彼と会った翌日の土曜日、真昼は五〇七のドアの前に立った。

呼び鈴を押す。

彼が在室していることはわかっていた。

真昼はもう、どんな小細工をするつもりもなくなっていた。だから他人を装うこともなく、そのままの姿で部屋をでた。それでも出がけには服を着替えて、薄くとはいえ顔に化粧を施してきたのが女心だった。そんな自分が愚かしくも哀しく思われる。そしてまた、真昼は無性にせつなくもあった。

応答はなかった。が、やがてガチャリと鍵《かぎ》のまわる音がして、ドアが開いた。ごくゆっくりとした動きだった。重たいスチールのドアが、三角をした薄い暗がりの隙間《すきま》を徐々に広げていく。

完全にドアが開いた。

鈴木健一が立っていた。

鈴木健一ではない。潮見省吾だ。

やはり真昼が感じていたことに間違いはなかった。

五〇七ノ男＝潮見省吾。

そこにもうひとつ＝をつけ加えることがためらわれる。それでも加えない訳にはいかなかった。

五〇七ノ男＝潮見省吾＝人殺シ。

真昼の顔を見ても、とりたてて省吾は驚いていなかった。ざわりという波音はまったく聞こえてこない。真昼の顔もまた、凪《な》いだように表情を失っていた。

しばし無言で見つめ合う。目と目で抱き合っているようないっときだった。現に肌を合わせたような恍惚《こうこつ》感がからだの芯を浸していく。自分は彼を糾弾にきたのか——、そうではない。真昼はからだの内側にとろけるような恍惚感を覚えながら、何か抗《あらが》いがたい力のようなものを感じていた。彼に抗えないのか、それとも運命に抗えないのか、その区別は、真昼自身にもつかなかった。

「よかったら、中にはいって」省吾が静かに言った。

黙って頷き、真昼は部屋の中にはいった。

部屋の中は、実にすっきりとしていた。余計なものが何ひとつとしてない。奥の部屋は知らない。が、リビングは、テーブル、ソファ、それに二つ組になった背の低い木製のチェストのような棚が並んでいるだけで、閑散としているといってもいいほどだった。案の定、テレビも置かれていない。壁にかけられた大きな民族調のタペストリーが、部屋が閑散を通り越して殺伐となってしまうのを、何とかうまいこと食い止めているという感じがした。

(いい趣味だ)

タペストリーを眺めながらそう思っている自分が不思議だった。本来ここは、タペストリーに気をとられたり感心したりしている場面ではないはずだった。なのにそんなことを思ったりしているのは、心が異様な緊張状態から逃げ出したいと思っていることの表れなのかもしれなかった。

省吾に勧められ、ソファに腰をおろす。

「何か飲む?」省吾が尋ねた。

真昼は首を横に振った。

「要らない。だって私……」

「知ってる。すぐ下の部屋に住んでいるんだからというんだろ?」

真昼は顔を上げて省吾を見た。

「いつ? いつから知っていたの?」

「昨日の晩、君と別れてここに帰ってきてから」

「どうしてそうだとわかったの?」

「いろいろ考えたんだ、何かがおかしいって。それでメールで宇佐美さんに問い合わせた。吉川さんは、会社組織の形をとって仕事をしているといっていたけれど、それは何という会社名だったでしょうか、ってね。アマランス、彼女はそう答えた。それで僕にも一切がわかった」

「おかしいわ」

自らに呟くように、真昼はぼそりと口にしていた。

「おかしい? 何が?」

「どうしてあなたが疑問を抱いたのか、それが私にはわからない。まさか私が下に住んでいる女だなんて、ふつうは考え及ばないと思うの」

省吾は声を立てずに笑った。少し皮肉な笑みだった。

「その台詞《せりふ》は、そっくり君に返したいよ。君がどうして僕が五〇七の住人ではないかと考えるようになり、また、間違いないと確信するに至ったのか、ふつうに考えたら、まったくもって謎だものな」

沈黙が流れた。重たい沈黙だった。真昼もすでに話すつもりにはなっていた。だからここにもやってきた。だが、何からどう話したらいいものか、それが自分でもわからなかった。

「人形を送ったのは君だね?」

省吾の問いにこくりと頷く。

「君は何を確かめたかったの?」

「あなたにぎくりとしてもらいたかった。私が考えている通り、五〇七の住人が省吾さんなのか、あなたにぎくりとしてもらうことで確かめたいと思ったのよ」

「となると、待ち合わせをした喫茶店に、鈴木という男に伝言を依頼する電話を入れたのも君ってことだよね」

「ごめんなさい」いくぶん項垂《うなだ》れるようにして真昼は言った。「でも、省吾さんにもぎくりとしてもらわないことには、確かめようがなかったのよ。私には、二人のぎくりを比べる必要があった」

省吾が不意に笑いだした。大きな声ではない。だが、今度は声を立てて笑っていた。

「君の話、やっぱりふつうの人が聞いたら、言っていることの意味がさっぱり理解できないだろうね」

真昼自身、そうだろうと思う。ふつうに聞いたら意味不明、ほとんど頭のおかしい女の戯言《ざれごと》だ。だが、省吾には理解できている。そのことが異常だった。また、そこに明確な意味があった。

「耳だ」省吾が言った。「君は人並みはずれて耳聡《みみざと》い。そういうことなんだね？」

再び頷く。

「それがずっと私の悩みだった。——でも、省吾さん。私、思うの。それはあなたも同じなんじゃないかって。あなたが昨日ひと晩考えて、私が下の部屋に住む女じゃないかと考えて、京子さんに確認をとったというのは、ふつうの人にはまずあり得ない行動よ。人は、そんなことは考えない。そこに思い至ったというのは、あなたも私の気配を耳聡く聞いていたから……違う？　前に私が青山でぎくりとした気配や、昨日あなたの様子にじっと耳を澄ませている感じが、あなたには人よりはっきりと感じとれたからじゃないの？　つまりあなたは……」

「同類。君はそう言いたい訳だよね」

「違うの？」

「違わない」微塵《みじん》のためらいもなく、即座に省吾が答えた。「その通りだよ」

思わず真昼は目を見開いていた。「やっぱりそうなのね」

目の前の省吾の顔に頬笑みが浮かんだ。例の月光のような、やわい光を滲ませた笑みだった。

「そう、君とまったく同じだよ。僕も聴覚が異様に鋭い。子供の時からだ。つまり、生まれつきということになるね。それには今までさんざん苦しめられてもきた」

「省吾さん——」

とうとう見つけた。やはりこの人は同類であり同志だった——。その思いに、真昼の瞳に涙が滲みかける。

「正直いって驚いた。こんなミュータントは僕一人かと思っていたからね。いや、どこかに似たようなのがいるにしても、人生の途上で、まず出逢うことはないだろうと考えていた。でも、思えばはじめて真昼さんに会った時から、何か感じていたことは事実なんだ。僕の目には、君が銀色の光に包まれているように見えた。懐かしいような光だった。頭っから自分一人だなんて思い込まずに、あの時、もしかしたらと疑ってみるべきだったのかもしれない。そうしたら、こんなまわり道はせずに済んだ」

「私だってはじめてよ」言った声が震えていた。「自分と同じ種類の人間に出逢ったのは、私にしたってはじめてよ」

省吾は大きく腕をひろげ、その腕の中に彼女を抱き締めた。決して強く固く抱き締めようとするのではなく、真昼を外界から守ろうとするみたいに、彼はやさしく柔らかく真昼のからだを包み込んだ。このままこの人の腕の中に安住したい……そんな思いが真昼の胸に萌《きざ》す。銀色の光を、省吾も自分に見ていたのだと思うと、胸が締めつけられるような思いになった。銀色の光は両者が同類であり、同類だけに見えるしるしのようなものなのかもしれなかった。あの時、やはり二人は言葉や意識とはべつの次元で、頭越しに話をしていたのだと、真昼は信じることができた。

「真昼さん、わかるよね。僕たちは、出逢うべくして出逢ったんだよ」

真昼は彼の腕の中で頷いた。

「同じなのね。あなたも子供の頃からずっと、耳のことでは苦しんできたのね。私たち、出逢う前から、同じ道を歩いてきたのね」

顔にいくらか苦い表情を漂わせ、省吾が深く頷いた。

「自分の聴覚をある程度コントロールできるようになるまでは地獄だった。どうして無駄に鋭い聴覚を与えられたのか、神を憎んだこともある」

「同じよ。不必要に鋭い聴覚を持っているっていうのは、私が罪人の末裔《まつえい》だからじゃないかって、自分自身の血に、ずいぶん脅えたこともあったわ」

腕から真昼を解放して、じっくりと目を覗き込むみたいにして、省吾が真昼の顔を見据えた。

「それなんじゃないのか」省吾が言った。

「え？」

「罪人の末裔。罪人。君は僕のこともそう考えた。だからこそ、僕に人形を送りつけた。違うのか？」

真昼の顔が曇った。決断の時がきている。いや、この部屋を訪ねると決めた時点で、すでに決断の時は訪れていたのだと思う。

私はこの人と生きていく。一緒に無音の音を聞く。

「私、本当いうと、あなたが人を殺しているのじゃないかと……ううん、五〇七の男は人を殺しているのじゃないかと疑っていた」

「そして君は、五〇七の男は人殺しだと確信するに至った。しかも五〇七の男と僕は同一人物だともね。僕がぎくりとなる感じ、本名ではない名前で部屋を借りていること……同時に君は、僕が人殺しだということも確信したっていうことになるよね？」

すぐに返事ができなかった。が、ややあって真昼はぽつりと呟いた。

「そうかもしれない」

「人殺しだと確信したのに、真昼さんは僕のところを、たった一人で訪ねてきてくれたの？」

「だって……」

咽喉の奥がすぼまっていた。ひとりでに涙が溢れそうになる。

「だって、省吾さんのような人にはもう二度とめぐり逢えないということも、私は確信できたんだもの。仮に、仮によ。あなたが人を殺していたとしても、そこには何かよんどころない事情があったに違いない……私にはそう思えたのよ」

「僕を信じてくれたのか」

真昼は一度頷いてから、すぐさま小さく首を横に振った。ちょっと不思議そうな面持《おもも》ちをして、省吾が真昼の顔を見る。

「信じた。でも、信じたという気持ちよりも、もっと強い感情が私の中にはあった。私、省吾さんのことが好きで、失いたくなくて……あなたと一緒に無音の音が聞きたくて……」

「真昼」

はじめて省吾が真昼の名前を呼び捨てにした。一気に心と心が距離を詰める。同時にからだの距離も縮まっていた。気づくと真昼は、再び省吾に抱き締められていた。さっきよりも強い力の籠《こ》もった抱き締め方だった。

「愛している」

「私もよ。愛してるわ」

「馬鹿げた話でも何でもない。僕らは一緒に無音の音を聞くんだよ」

真昼の瞳から、大粒の涙が溢れだしていた。この人と一緒に生きていくのだ、そう決断したことに間違いはなかったと、真昼は信じることができた。たとえこの男が人殺しであったとしても――。

「罪人。罪人の末裔」省吾が先刻真昼が口にした言葉を繰り返した。「そうなんだ。僕らは罪人の末裔なんだ。そのために、僕はまた罪を犯してしまった。罪人になってしまった」

「省吾さん……」

「でも、それは何も僕だけに限ったことじゃない」

自分の腕から少し突き放すようにして、また省吾が真昼の顔を見据えた。省吾の真剣な瞳が、真昼の瞳を真正面から捉える。

「真昼。君も罪人の末裔であり、罪人だ。そうだろ?」

黙したまま、真昼は省吾の目を見つめ返した。

「僕にもわかったんだ。僕は人を殺している。だけど、それは君も同じことだ。真昼、僕に嘘《うそ》はいけない。君も人を殺している。君も僕と同じ人殺しだ」

違う——、即座にその言葉が口からでてこなかった。顔を小さく横に振ろうとしながらも、たちまち動きが固まっていく。たった今まで、頰《ほお》の上で体温の温《ぬく》みを保っていたはずの涙も、あっという間に氷りついていくようだった。

「真昼、君も人を殺している」重ねて省吾が言った。「君もまた罪を犯した罪人だ」

五〇七ノ男＝鈴木健一＝潮見省吾＝人殺シ＝罪人ノ末裔＝罪人

潮見省吾——吉川真昼＝同類

吉川真昼＝罪人ノ末裔＝罪人＝人殺シ

人殺シハ彼ダケデハナイ。

真昼、オ前モ人ヲ殺シテイル。

真昼は凍《い》てついたまま、省吾の顔を見つめていた。顔を縦に振ることはしなかった。けれども青ざめた真昼の瞳が、省吾の言葉を肯定していた。

第五章　罪人たち

1

自分たちを巻き込む大きなうねりに揉《も》まれながらも、そのうねりとともに流れようとするかのように、省吾と真昼は長いことふとんの上で肌を合わせ続けていた。真昼に不安はなかった。この人とならば、どんな濁流も泳いでいくし、仮に途中で呑《の》み込まれてしまったとしても、それはそれで構わないという気持ちになっていた。

今よりも若い頃、ほんの一時期だけ男とつき合ったことが真昼にもあった。遠い遠い昔の、人生という本の一ページにも満たないわずかばかりの思い出であり、瑣末《さまつ》な記憶だった。その男との間に、肉体の悦《よろこ》びはなかった。肌を合わせても、何かが違うという感覚が先に立ち、行為の後は罪悪感と嫌悪感に見舞われた。当然長続きはしなかった。

けれども省吾との行為には、圧倒的な悦びがあり恍惚《こうこつ》があった。目と目で抱き合った時から、わかっていたことだったかもしれない。皮膚が溶ける。血が交じり合う。内臓も骨もからだの芯《しん》も溶け合っていく。果てに大きな快感が押し寄せる。

肉の悦びは大きくても、お互いに声を立てることはなかった。耳に聞こえてくるのは、ただただ互いの息遣いだけだった。省吾のかすれ気味のささやかな息遣いが、真昼にはどうしようもないぐらいにいとおしいもののように思われていた。

フィギュアスケートでペアを組む男女は、音や気配だけで相手の位置や動きや呼吸といったすべてを正確に感じとるという。だから一糸乱れぬ演技ができる。省吾と真昼の行為は、それと似ていた。言葉も何も要らない。肌を触れ合わせていればすべてがわかる。河をともに流れるように、氷上をともに滑るように、二人は長い時間つながり続けていた。

その営みの中で、真昼は無音の音を聞いたように思った。からだの中に大きな悦びの波が押し寄せ、頂点を極めようとした時だった。頭の中がしーんとなった。取り巻く現実の音は一切掻《か》き消え、しーんという音がごくごく低い虫の音《ね》のように真昼の耳の奥に聞こえていた。

私は無音の音を聞いたのかもしれない——、そう思うと、心までもが恍惚感に溺《おぼ》れだし、わけもなく涙がこみ上げてくるようだった。

「あなたも聞いた?」

長い営みのあと、真昼は囁《ささや》くように省吾に尋ねた。省吾は落ち着きのある満たされた顔をして、真昼の言葉に小さく頷《うなず》いた。

「聞いた。真昼もやっぱり聞いたんだね?」

真昼も省吾の言葉に頷いた。

省吾と真昼はからだを交わらせながら、それぞれの耳で無音の音を聞いた。自分たちの運命と絆《きずな》の深さを象徴する音だ。

もうこの人と離れることはできない……真昼は心で思っていた。

「まず、僕から話さなければならないんだろうね」

省吾が先に口火を切るかたちで、話をはじめた。

省吾が殺してしまったのは、桑野留美《くわのるみ》という女だった。ほんの一時期のことだが、彼がつき合っていた女だ。省吾よりも三つ歳下の、見た目にはとてもきれいな女だった。彼女自身、自分のうつくしさ、華やかさをよく承知していたし、それを最大の武器にもしていた。また留美は、うつくしく生まれついた女の多くがそうであるように、本当のところ自分にしか関心のない高慢な女でもあった。

「それならそれでいいような気がしたんだ」省吾は言った。「僕に強い関心を抱かれるより、自分のことにばかり熱心な女の方が、うまくつき合っていけるのじゃないかと、当時はそう思ってしまったんだよ」

心から愛していた訳ではない。自分が特異な存在であることは、子供の頃から諦《あきら》めに近い感覚で悟っていた。だから本当に人を愛し、人から愛されることなど、彼も求めてはいなかった。だが、省吾も男だ。からだが女を求めてしまうことは止められない。

つき合いだして間もなく、省吾は自分の過ちに気がついた。留美の不満が噴出したのだ。留美はちやほやされることに慣れている。男はいつも懸命に彼女の気を惹《ひ》こうとしてきたし、機嫌をとり結ぶことにも努力してくれた。が、省吾にはそれがない。彼女には、それが何としても許せなかったし我慢ならなかった。

「僕のような男とはつき合えない、もっと大切にしてくれる男のところへいく——、そういうことになっていたらよかったんだ。でも、逆にでた。彼女は僕に異様に執着しはじめた。何が何でも自分の方を向かせてみせる、自分に夢中にさせてみせる、でなかったら自分のプライドが保てない……そんな感じでね」

が、留美がどんな手練手管《てれんてくだ》を用いてみたところで無駄だった。省吾はどうあっても、彼女とべったりの関係になることはできない。一人の時間、静かな時間が、彼の耳には必要なのだ。でないと神経をやられてしまう。神経を病んで仕事にでられなくなれば、やがて省吾は食べていくこと、生きていくこともできなくなってしまう。留美が自分の方を向かせようと躍起になれば躍起になるほど、省吾にまつわりつけばまつわりつくほど、彼は留美が疎《うと》ましくなり、彼女から離れようとする一方になっていった。

当時も省吾は横浜の寮にいた。さすがに留美も寮にまでは足を踏み込めない。それがなおのこと彼女の苛《いら》立《だ》ちを募らせることにつながった。留美は省吾の携帯を、狂ったように鳴らし続け、今からきてくれないならば手首を切って死ぬだの何だの言ってなかば脅して、省吾を夜中に自分のマンションに呼びつけたりした。そんなことの繰り返し……顔を合わせればいつも喧嘩《けんか》だった。ふだんはそうでないのだが、留美は興奮すると声が完全に裏返って、ガラスを爪《つめ》で引っ掻くような金切り声をだす。それが省吾の神経には一番応《こた》えた。

「その声を聞いた時だよ。僕は自分の決定的な過ちに気がついた。彼女は僕がこの人生において、決して関《かか》わってはならない相手だったんだ」

間違って負の磁石に引き寄せられるようなものだ、と省吾は説明した。人というのは、近づいてはいけない場所、関わり合ってはいけないものに、なぜか心惹かれたような気持ちになって、自ら近づき、関わり合ってしまうことがある。いわば知らず知らずのうちに、悪い因縁の糸に手繰《たぐ》り寄せられていくようなものだ。

「彼女のあの声を聞いた時、僕は全身に鳥肌が立ったよ。子供の頃から僕は、訳のわからない悪夢に悩まされてきた。聴覚が鋭すぎるものだから、自分でも気づかぬうちに神経がくたびれ果てていて、それでたぶんおかしな夢を見るのだと思っていた。でも、違ったんだ」

彼女の金切り声は、夢で省吾を苛《さいな》む女の金切り声とまったく同じ音質をしていた。

「何かよくない因縁が、僕らの間にはあったんだと思う。離れて関わり合わずにいれば済んだものを、お互いそれに惹き寄せられて、とうとう泥沼にはまってしまった」

省吾は何とか彼女と別れよう、別れを彼女に納得させようと試みた。それがこの先お互いが、平穏に暮らしていける唯一の道だった。が、駄目だった。彼女にはそれがわからない。省吾が離れようとすれば荒れ狂う。いやな金切り声を上げ、彼のことを罵《ののし》り続ける。殺してしまったのは弾みだった。荒れた留美が暴れだし、喚《わめ》き散らしながら省吾に摑《つか》みかかってきたのだ。

悪夢の女が、とうとう現実にまで現れたと思った。現実の中に姿を現して、自分の与《あずか》り知らぬ罪を糾弾し、破滅と死に至らしめようとしていると思った。

「言い訳だ。でも、あの声が、ガラスを引っ掻くような彼女の金切り声が、僕の神経をショートさせて、瞬間、頭の配線を完全に狂わせた」

気がつくと、省吾は留美の首を締め上げていた。膨れ上がり、赤黒くなっていく留美の顔を見ながら、早く手を緩《ゆる》めなければ、手を放さなければ、と頭では考えていた。だが、彼の理性や意識とは反対に、手はどんどん留美の首に食い込んでいく。ようやく省吾の意志通りに手が留美の首から離れた時には、すでに彼女は息絶えていた。

「それであなたは、彼女の死体を埋めたのね」

真昼が言った。ひとりでに、陰気な低い声になっていた。

「ああ」省吾は軽く二、三度頷いた。「君の言う通りだ。埋めた。山の土中深くにね」

「省吾さん、疑われなかったの？」

「彼女とつき合っていたのは、ごく短い期間だった。彼女も僕とつき合っていることは、まだ親しい友だちにも話していなかったんだ。だから僕らの関係は、人に知られていなかった。それが幸いしたといえばそういえるのだけど、短い時間に関係がそこまで煮詰まってこじれきってしまったということ自体が、異常だった気がしてしょうがない。僕にとっては、まさしくあれが悪夢の時間だった」

留美は突然、姿を消した恰好《かっこう》になった。が、当初は誰もがあまり深い疑問を抱いていなかった。それというのも、留美は気まぐれでわがままな性分《しょうぶん》だったから、これまでにもふいと旅行にでたりして、連絡がとれないことがよくあった。彼女の仕事がきちんとした会社勤めであったりすれば、また話も違っていただろう。だが、留美はモデルやコンパニオンを束ねているプロダクションのようなクラブに所属していて、自分の必要に応じて仕事を受けていた。クラブの方も連絡がとれないことに焦《じ》れながらも、まあ留美のことだからと、とりたてて不審を抱くこともなく、彼女のマンションを訪ねたりするなどして、敢《あ》えて彼女の所在を摑もうとはしなかった。

「上の兄さん夫婦がアメリカでレストランをやっていたんだ。それで両親も下の兄さんも家族はみんな、アメリカに渡ってしまっていた。だから彼女もよくふらっと一、二ヵ月、アメリカの兄さん一家のところへいったりしていたらしい。そうした事情すべてが、僕にとっては幸いした。ツイていた。ただひとつ、彼女と出逢《であ》ってしまったことを除いたらね」

彼自身、いかにも留美が不意にアメリカにでかけたように見せかけるため、彼女のパスポートを部屋から持ち出して、焼いて処分したりもした。マンションの家賃も、そのことで所属クラブや家族に連絡がいかぬよう、二ヵ月分を早めに振り込んでおいた。過剰にではないが、省吾も自分を守る手だては講じたということだ。むろん誰かが騒ぎだし、警察の方で入国管理局に問い合わせたり、アメリカの家族に問い合わせたりすれば、彼女が日本をでていないことはすぐにわかる。ただ、誰かが騒ぎだすまでの時間をひきのばすことが、省吾には必要なことに思われた。いつという明確な日にちが特定できなければ特定できなくなるほど、自分はより安全圏に逃げ込めると踏んだ。

「君がプラスなら、彼女は完全なるマイナスの因子だった。僕と彼女の間にも、クロスする宿命や因縁というものはあったと思う。だからこそ、出逢うべき相手ではなかったし、たとえ出逢ったとしても、関わりを持ってはいけない相手だったんだ。出逢って関わりを持ったら、殺《や》るか殺られるか、そういう関係にしかならない相手というのはいるもんだよ。君になら、僕の言っていることがわかるんじゃないか」

省吾が言った通り、真昼にだからわかることがある。ふつうの人はたいがい気がつかない。しかし、人と人の出逢いというのは偶然ではない。いや、偶然なのかもしれないが、それは偶然という必然であり、背後には、本人たちにもわからないややこしい糸が張りめぐらされている。

「だったらあの人は誰？　肩幅の広い大男。土気色の顔色をした、頬骨《ほおぼね》の張った凶悪そうな男。――省吾さん、あなたも青山であの男を見たのでしょう？　それでぎくっとなったのでしょう？」

「あれは、彼女の二番目の兄貴だ。彼も上の兄貴のレストランを手伝っていると聞いていた。名前は亮治《りょうじ》……桑野亮治。きっと彼女とまったく連絡がとれなくなったことを心配して、彼はいつからか日本に戻ってきていたんだろう」

合点《がてん》がいった思いがした。レストランをやっているのが、ロスアンジェルスなのかニューヨークなのか、あるいはべつのアメリカの街なのか、そこまでは真昼も知らないし、べつに知りたいとも思わない。だが、あの男には、確かにどこか日本人離れした匂《にお》いがあった。何年かよその国で暮らしていると、不思議と人は、風貌《ふうぼう》や顔つきにも、その国の風土の匂いや気配を漂わせるようになるところがある。あのからだも、半分はアメリカでの食生活で培《つちか》われたものだと考えると納得がいく気がした。

「でも、どうしてあの人は省吾さんのことを?」

「彼女は下の兄さんとは仲がよかった。はっきりとした話ではなかったと思うけど、何か僕につながるようなことを話していたか手紙に書くかしていたのかもしれない」

「彼はあなたを疑っている……」

省吾が重たげに首を縦に振りおろした。

「確証なんて何もないはずなんだ。だけど、奴にはわかった」

言ってから、また彼は二、三度首を縦に振った。縦に振っているのに、どこか絶望を表すような首の振り方だった。

「そうなんだ。留美と同じ血を持つあいつには、きっとそれが本能でわかるんだ。あいつは僕を目にした瞬間に、僕が彼女を殺したと確信したんだと思う」

それでもうひとつ真昼にもわかったことがあった。彼が轟音《ごうおん》のような雑音を響かせていた訳がだ。血を分けた妹が行方不明になっているのだ。しかも彼は、省吾が殺したと確信するに等しいぐらいに疑っている。当然省吾に対する怒りや憎しみもあれば殺意も抱いているだろう。それがあの時、彼の中で渦巻いて、かまびすしいまでの音を上げて轟《とどろ》いていたのだ。

「もうひとつ訊《き》いてもいい？」

「ああ」少し疲れたように省吾は頷いた。

「鈴木健一というのは誰？　オーナーの高木さんは、鉄骨関係の会社に勤める設計士だと言ったわ。私が聞いた風貌は、あなたとはまったく似つかないものだった」

「鈴木は、郷里の高校の同級生だよ。彼に名前を貸してもらった。どうせ書類が必要だったからね、契約の時も鈴木本人がいってくれた。ここを借りた理由は、説明しなくてもわかるよね」

「あなたは、仕事の都合で寮にはいっている必要性もあるのでしょ。でも、寮のようなところではくつろげない。どこかに静かなシェルターを確保していないと、あなたも私も神経が参ってしまう人間だものね。ということは、ここの前にも、あなたは、どこかに部屋を借りていたはずね」

「そう。彼女には告げていなかったけれど、僕にはべつに隠れ家というべき部屋があった。でも、そこには、もう住んでいられなくなった。再開発でね、あたりの建物の取り壊しや、新たなビルの建築がはじまったんだよ。それに横浜にはもう住んでいたいと思わなかったし。たまたま仕事の関係でこっちにきた時、ここを見た。ここならいい、と僕は思った。それでここを扱っている不動産屋に、空きがでたら連絡してくれるよう、鈴木を通して頼んであったんだ」

横浜は、留美につながる街でもある。会社がある関係上、知り合いも多いし、その分人目も多い。だから会社に通うのには少々不便でも、少し離れたところにシェルターを持つのもいいのではないか、とその時省吾は考えた。

「いつもそんなさ。逃げていなくてはならない。無駄なことばかりしている」

省吾はいくらか自分を憐《あわ》れむような目をして真昼を見た。それはまた、真昼を憐れむような目でもあった。

省吾の言葉に、真昼は深く頷いていた。

省吾の話に耳を傾けている間じゅう、真昼は胸が締めつけられるような思いでいた。彼が真昼に対して語ったことは、すなわち真昼の物語でもある。幼い頃から、音から逃れようとあがき続け、悪夢から逃れようともがき続け、罪人であるという意識から逃れようと首を横に振り続け、罪を犯してしまったという現実と、自分を追いかけてくる者から逃れようとし続けている。まったく、逃亡者の人生だ。自分の額に刻まれた刻印が忌まわしい。いや、耳に刻まれた刻印、というべきだろうか。

「君の番だ」いたって静かな口調で省吾が言った。「今度は真昼が自分の話をする番だ」

私もあなたと同じ罪人の末裔。現実にも罪を犯してしまった……そのことを、とうとう真昼は省吾に語らねばならない時がきた。

「同じなのよ」真昼は言った。「省吾さんの場合とほとんど同じ。あなたが話してくれたのだから、私もきちんと話すことにするわ」

「それじゃ君も、恋人を殺してしまったの？」

「いいえ」真昼は首を横に振った。「私が殺したのは女よ。あなたと同じ、悪夢にでてきていた女」

真昼の脳裏に、夢で自分を責めたてる、恨みがましいばかりの女の顔が浮かんでいた。

2

省吾とは、潮見省吾と吉川真昼として出逢ってから、まだ三ヵ月にもなっていない。なのに誰にも秘して、一生口にするまいと決心していた最悪の出来事を、さほどのためらいもなしに語ろうとしているというのは、不思議なことであると同時に無謀なことかもしれなかった。

が、省吾も語った。真昼がすでにそのことを確信してしまっていたから致し方なかったのかもしれないが、それをいえば、真昼とて同じことだった。彼ももはや、彼女が人殺しであることを信じて疑っていない。それに省吾と真昼は、今日二人で一緒に無音の音を聞いた。二人にとってあの音は、紛れもなく運命を告げる音だった。加えて真昼の心には後悔があった。藤沢美波のことだ。彼女も自分の同類であり、胸襟《きょうきん》を開いて語り合っていたならば、同志になれていたかもしれない友人だった。自らを語る勇気がなかったばっかりに、真昼は彼女を死なせてしまったし、生涯二度と得られぬかもしれない友人を失ってしまった。もうそんな思いをするのはたくさんだった。もしも仲間がいるならば、一緒に生きていきたい。それよりも、真昼は省吾という男を失いたくなかった。

「私が殺してしまったのは村上光恵《むらかみみつえ》という女の人。ここに移ってくる前の前に住んでいたマンションの住人よ」

低く呟《つぶや》くような小さな声だ。しかし真昼はしっかりとした口調で語りはじめた。

翻訳の仕事も軌道に乗ってきたところだった。落ち着いて仕事に励める環境を求めて、真昼はコーポラスからマンションの一室に居を移した。縦長の七階建てのマンションだった。見た目にもこぎれいだし、少なくとも前のコーポラスよりも物音に悩まされずに済むことだけは確実だと思った。真昼は空いていた六階の部屋を借りた。村上光恵というのは、その真上の部屋に住んでいる三十四、五の女だった。一人暮らしだった。上が一人暮らしの女性だというのは、契約の時から耳にしていたから、ならば静かでいいだろうと、真昼は反対に安心していた。

が、違った。

もしかすると村上光恵は、精神的に少しおかしなところがあったのかもしれない。昼間は仕事にでていて不在なのだが、夜帰ってくると、とにかくやたらに動きまわる。性格的に、じっとしているということができないのだ。その頃真昼はまだ夜型の生活をしていたから、仕事に集中することができないのが何といっても困った。真昼にとっては、まさに死活問題だ。

単に動きまわるというだけならまだいい。しかし彼女は、夜でも夜中でも明け方でも、自分が思い立ったら部屋の模様替えをはじめるし、またその模様替えの頻度が尋常ではない。きれい好きであることを咎《とが》めるつもりは毛頭ないが、癇性《かんしょう》に掃除機をかける音は、頭から降ってくるようにゴンゴンと響いた。掃除機が壁や柱や家具に当たることなどものともせず、彼女は延々と掃除機をかけ続ける。とにかく埃《ほこり》があるのがいやなのだろう。それは彼女の夜の日課だった。

土曜日と日曜日は、晴れていさえしたらふとんを干す。とり込む時が異常だった。いつまでもいつまでも執拗《しつよう》にあたりに響きわたる音を立てて、盛大にふとんを叩《たた》き続ける。あんなに叩いていたら、中の綿がちぎれてしまうだろうにと思うような激しい叩き方であり、執念を感じさせる時間の長さだった。そのパンパンと響きわたる音が、真昼には彼女の性格を如実に物語っているような気がした。ようやく長いふとん叩きが終わり、音が止《や》んでも、パンパンいう音は真昼の耳に残って仕方がなかった。

それでも真昼は耐えた。問題は自分の耳の方に多くあるということは、彼女自身にもよくわかっていた。真昼も新たに越してきたばかりだ。同じマンションの住人との間でトラブルを起こすことになるのも煩《わずら》わしかった。

「それに彼女のことが怖かったのよ」真昼は言った。「二、三度すれ違ったことがあるの。おかしいわね、名札をつけている訳でもないのに、私にはその人が村上光恵だとすぐにわ

の」

私が子供の頃から魘《うな》され続けてきた悪夢にでてくる女と、瓜《うり》二つの顔をしていたんだも

真昼は頷いた。「そうだと思う。だけどその人の顔を見て、私、愕然《がくぜん》としたの。だって

「それはさんざん彼女の物音や動作の気配を、下で聞かされていたからだろう」

かったわ」

彼女をはじめて目にした時、からだがかっと熱くなって汗が噴き出た。いくら落ち着こうと努力しても、脚がガクガク震えてくるのを抑えられなかった。

真昼は悪夢を見ている頃から、人間の脳というのはどうなっているのだろう、と首を捻《ひね》ることが時々あった。一度会っただけの相手の顔を記憶して、次に会った時にすぐに認識できるというのもすごい。目があって鼻があって口があって……人間の顔というのはそうそう変わらないものではないか。それにもまして、会ったこともない人間の顔を頭の中で造形してしまうというのも、すごい話のような気がした。夢の中とはいえ、自分の頭はどうしてあの顔を作りだすのか。会ったこともないばかりかこの世にいもしない人間の顔を、なぜさも見たことがあるかのように描けるのか。やはり細胞が、彼女の顔を記憶しているからなのだろうか……。

が、現にその女は存在していた。この世で息をし、暮らしていた。驚きに、からだも頭も神経も、すべてがいったん恐慌状態に陥った。

「あなたと同じよ。会ってはいけない人に会ったと思ったわ。どうして惹き寄せられるよ

うに、彼女の下の部屋に住むことになってしまったのだろうかとからだが震えた。落とし穴に落ちた思いがした」

二度目に顔を合わせた時だったろうか、光恵も真昼のことを明確に認識した。彼女の目の色から、真昼はそれを感じた。真昼には、光恵の目に、途端に自分に対する憎しみの色が宿ったように思われた。意地悪そうな鋭い光が、瞳《ひとみ》の奥底からちらちらと覗《のぞ》いていた。いやな感じがした。真昼が自分の敵であり、駆逐、排除すべき人間であることを、彼女が本能的に悟ったような気がしたのだ。

真昼の予感の通りに、その日を境に、上階の物音はいっそうひどくなった。真昼に対する嫌がらせに近いこともはじまった。

故意にカリカリと床を何かで引っ掻き続ける。おまけに上の自分の部屋のベランダから、下の真昼の部屋のベランダにゴミを投げ込んでくる。最初のうち真昼は、光恵が捨てたゴミを、仕方なしに自分のゴミと一緒に捨てていた。どうして他人のゴミの始末までしなければならないのかと、情けない気持ちになることもしばしばだった。が、いかなるかたちであれ、彼女と関わりたくなかった。顔を合わせたくなかった。

真昼がおとなしくしていることをいいことに、光恵の振る舞いは、日に日にエスカレートしていった。水をろくに切らずに生ゴミを投げ込む。ベランダには腐ったような澱《よど》んだ水が流れだし、いやな腐臭を漂わせた。真昼がふとんを干している日に限って、上から雑《ぞう》巾《きん》を絞る、汚れた下足マットのゴミを払う……。だんだんと、真昼の我慢も限界に達していった。

五月の連休前の晩、上階で不穏な気配がしはじめた。耳を澄ませた。光恵が部屋の中を動きまわり、悪意を内に抱えた状態で、ゴミを掻き集めだしたのがわかった。言い方は少しおかしいかもしれないが、何をしようとしているかは、彼女の心が放つ雑音を聞けば一《いち》目瞭然《もくりようぜん》というものだった。光恵が掻き集めたゴミをスーパーの袋に詰め込んで、ベランダの方に歩いていく。

真昼はカーテンを開け、ベランダを見ていた。案の定、上から大きなゴミ袋が投げ込まれた。連休だ。前の日の朝、ゴミを捨てにいった時、これから四日はゴミの収集がないと書かれた貼《は》り紙が、マンションのゴミ集積場に貼られていたのを見たばかりだった。これから何日も、光恵の悪意と生活臭が詰まった大きなゴミと一緒に過ごすのか……考えただけで、真昼は絶望的な気分になった。

ベランダに投げ入れられたゴミ袋を玄関に持っていき、はじめて真昼は中を見た。ゴミの中に、ダイレクトメールが一通混じっているのを見つけた。真昼はそれを手にとって眺めた。住所も宛《あ》て名も間違いなく村上光恵になっている。真昼にとっては、それが間違いなく光恵がゴミを投げ捨てたことを証明する、大事な証拠品のように思われた。これとゴミを持っていきさえしたら、あの人も知らない、うちのゴミではない、とはとぼけられないだろう。きちんと話をして、もうこんなことはやめてもらうのだ——。

真昼は大きなゴミ袋を手に持って、七階に上がっていった。そして光恵の部屋の呼び鈴を押した。

「何なの、あなた？　こんな夜更けに。非常識な人ね」ドアから顔を覗かせた光恵は、威圧するように真昼を睨《にら》みつけた。

「非常識なのはゴミを上から投げ捨てるかたの方ではないかと思います。あの、これ、お返しします」真昼はゴミの袋を差しだした。

「馬鹿じゃないの。知らないわよ、そんなもの」

光恵は人を食ったような顔をして真昼に言った。その目には、この状況を楽しむような笑みすら宿っているように思われた。光恵は真昼を虐《いたぶ》って楽しんでいる。彼女の心根の悪さが、耳にきしきし骨が軋《きし》むような雑音として響いてきていた。

「でも、お宅宛の郵便物も混じっていました」真昼は言った。「ですからこれはお宅のゴミです」

光恵の眉《まゆ》が寄り、顔が曇った。「あなた、中を見たの？」

「自分に覚えのないゴミですから、仕方がなかったんです」

「知らない」しかし光恵はよそを向いて言った。「どこかのうちに誤配された郵便物なんじゃないのかしら。そんなものがあったからって、私のところのゴミだと言われるのは心外だわ」

「村上さん、お願いします。もういい加減にしてくださいませんか」

「だいたいあなたねえ、ここのベランダからあなたのところのベランダに、うまくゴミなんか放《ほう》り込めると思う? そう思うんなら、今から試してみましょうよ。そうだわ、あなたやってみてよ。あなたができたら認めてもいい」

光恵は真昼の手を引っ張って家に上がらせ、そのまま無理矢理にベランダまで連れていった。

「夜は暗いのよ。ほら、ごらんなさいよ。下なんかろくに見えないのよ。こんなでゴミがうまく放り込めるものかしらね」

「身を乗り出したらできるんじゃないでしょうか」

「じゃあ、やってごらんなさいよ」

頭ががんがんいいはじめていた。話せば話すほど、光恵に神経が狂わされていく気がした。この女とは、口すら利《き》いてもいけなかったのだということを、真昼は頭の不快な痛みによって、改めて悟らされた思いがしていた。きーんとものすごい耳鳴りがした。一刻も早く部屋に戻りたい――。

「もうこんなことはやめましょう。とにかくゴミはお返しして帰ります」

疲れたように真昼が言い、ベランダから部屋に戻ろうとした時だった。光恵がいきなりゴミ袋を摑んだ。見るとベランダの手すりから外に身を乗り出して、また真昼の部屋のベランダにゴミを投げ入れようとしている。

「何をやっているんですか。本当にいい加減にしてください」呆《あき》れ果てて真昼は言った。

「だって私のゴミじゃないもの。あんたのところで引き取ってよ」

「村上さん」

　やめさせようと、真昼は手すりから身を乗り出した光恵のからだに手をかけた。最初はそのつもりだった。が、真昼の中で、不意に心がすり替わった。一瞬のことだった。が、その瞬間、真昼の心は、光恵に対する憎悪の念に乗っ取られていた。

「やめさせるはずが、私はあの人の脚を持ち上げるみたいにして、下に突き落としていたのよ」真昼は省吾に言った。「驚きのあまり声さえ立てられずに、あの人は闇《やみ》の中を下のコンクリートに向かって一直線に落ちていったわ」

　真昼はそのまま自分の部屋に戻った。光恵が落ちたのは、生け垣の内側のコンクリートの上だった。見えづらい位置だったこともあって、光恵の死体は明け方近くになってから、たまたま通りかかった人によってようやく発見された。

「君は疑われなかったの？」省吾が問うた。

「幸いにね」真昼は小さく頷いて言った。「おかしなところで、私は運が強いのよ」

　光恵がゴミを下に投げ捨てることがあったというのは、ほかのマンションの住人も目撃していた。真昼が文句も言わず、諦めたように始末していることも、見ている人は見ていた。光恵はまたゴミを下に投げ捨てようとした。その際誤って転落した……事件は事故として落着をみた。

「もともと彼女は、下の住人とトラブルの多い人だったらしいの。だからこそ彼女の真下の部屋が空いていて、私がはいることになってしまったのかもしれないけれど」

周囲は真昼に対して同情的だった。そもそも真昼は、いたって静かな暮らしを営んでいるから、ほかの近隣住人との間にトラブルは何ひとつなく、隣室や同じフロアの住人の覚えはよかった。また、越してきてそう時間が経《た》っていなかっただけに、真昼の顔を知らない住人も結構いたのではないかと思う。いわば真昼の印象は、いいか薄いか、そのどちらかだった。

非常識な振る舞いと仕打ちは光恵の一方的なもので、真昼との間にそのことをめぐるトラブルはべつに起きていなかった。だって吉川さんは本当におとなしい人だから——、周囲のその印象が、嫌疑がかかることから真昼を救った。

間もなく真昼はそのマンションを引っ越した。そんな事件のあったところだ。真昼が早々に転居を決めたことにも、誰も不審の念は抱かなかった。

べつのところに引っ越してからも、しばらくは闇に向かって真っ逆さまに落ちていった光恵の姿が網膜と脳裏の両方に焼きついたまま離れず、夜が怖くてならなかった。そのせいもあって体調を崩した。夜中起きていると、ろくなことを考えない。だんだん不安神経症的になっていく。生活を昼型に切り換えたのが、ちょうどその頃のことだった。

「そうやって、私はまんまと罪を逃れたの。罰を逃れた、というのが正しいのかしら」

真昼の言葉に、省吾が重たそうに頷いた。

「わかるよ。いくら罰せられることからはうまく逃れても、罪を犯したということからは逃れられないからね」

だからあなたはいつも手を洗うのね、真昼は心で呟いていた。留美さんを絞め殺した手、留美さんを土に埋めた手を、洗わずにはいられないのね——。

真昼も似たようなものだった。以降真昼は、誰に追われているという訳でもないのに、怖くて「吉川真昼」と、自分の名前で表札が掲げられない。無理に頼み込んででも、事業所名を表にだしている。名前を掲げることで自分の住まいを明らかにしていると、いつか誰かが不意に罪を暴きにくるようで、どうしても落ち着いて過ごすことができないのだ。

「そして僕らは悪夢に見舞われる」真昼の心の言葉を引き取るように省吾が言った。「子供の頃から自分の与り知らないことを夢の中で責めたてられて、さんざん苦しんできた挙句、今度は自分が犯した罪の記憶に、生涯苛まれ続けていくんだ。また新たな悪夢に襲われ続けるんだ」

省吾と真昼は、双子のように瓜二つだった。状況こそ多少違っていても、生まれ持ったものが特殊であったがために、幼い頃から同じ道筋を歩み、同じような出来事に遭遇して、同じ理由で罪を犯した。だからどこかで諦めていた。いつも心で思ってきた。

私ハフツウノ人間デナイ。

誰カト一緒ニ生キテイクコトナド望メナイ。

私ハ一人。ズット一人。

「君の痛みは、そっくり僕の痛みだよ」

省吾が真昼を抱き締めた。腕を彼のからだにまわして、真昼も省吾を抱き締め返す。

「僕らはもう一人じゃない。やっと出逢えたんだ。これからは、きっと二人で生きていける」

省吾の穏やかに響く声を耳にしながら、真昼は満たされた思いでいた。省吾の腕の中で、黙って逃げてしまうことなく、思い切って彼のもとを訪れたことを、はじめて自分が身を捨てる勇気を持てたことを、真昼は心底嬉《うれ》しく思っていた。

3

恐らくは罪人の末裔《まつえい》であり、自分の生においても罪を犯した罪人たちは、不幸の中にも幸いを得て、ともに生きることができる相手にめぐり逢った。自分たちには決して得られることはあるまいと諦めていただけに、その喜びは大きかった。

が、喜んでばかりはいられないということもわかってはいた。仮にも真昼は無罪放免となり、罪の追及を免れている。省吾の犯した罪もまた、いまだ露顕するには至っていない。けれども留美の兄、桑野亮治が省吾を疑って、省吾のまわりをうろついている。真昼のメールボックスに、「警告!」と打った文書を投げ込んだのも、彼のやったことだろう。桑野の問題を解決しなければ、この先二人で生きていくことも、叶《かな》わぬ夢に終わってしまいかねない。こうなってくると、桑野は面倒な存在だった。

とはいえ、せめて今日ぐらいは、自分たちを追いかけてくる問題を忘れて、幸せな思いに浸っていたかった。省吾も真昼も、自分自身が罪を犯してしまったという失点と負い目は背負っている。が、二人は、物心ついた頃から、ずっと一人で喘《あえ》いできたのだ。およそ三十年を生き、ようやく得られた束《つか》の間の休息だった。それもこれまでのようにひとりぼっちではない。はじめて人と肩を寄せ合って、二人はそれぞれに安らいでいた。

「人はこじつけだと笑うかもしれないけれど、本当に運命だね。僕はそれを感じるよ」省吾が言った。

何のこと？　と問うように、真昼が心持ち目を見開く。

「たまたま同じマンションの、上と下の部屋に住んだということもそうだけど、名前がね」

「名前？　どういう意味？」

「気づかなかった？　マヒルにショウゴ」

あ、と声をださずに真昼は口を開いた。一緒に目も大きく見開いていた。省吾の顔にふわりと春風のような笑みの気配が舞う。

「本当のところお袋は、僕に午後零時という、〝正午〟という名前をつけたかったんだ。でも、じいちゃん、ばあちゃんに反対されて今の〝省吾〟という文字にした。お袋は心の中では正午という文字を思い浮かべて、いつも僕のことを呼んでいたらしいよ」

「正午に真昼……」

真昼は口の中で呟いた。それから顔を上げて省吾を見た。真昼の頬のあたりに、輝くような笑みが滲《にじ》んでいた。どこかくすぐったそうな笑みでもあった。

「ほんと、同じ意味ね。不思議みたい」

言ってから、真昼は思い出したように、ダイニングに歩いていって天窓を見上げた。もう日は暮れてしまい、天窓からは藍《あい》色をした闇が覗いている。

「私、この部屋にきたことがあるのよ」

「え?」

今度は省吾が目を見開いていた。その顔を見て、真昼が頬笑《ほほえ》む。

「物件を見にきた時、ここも空いていたの。実際には借り手がついてしまっていて、私はこの部屋を借り損なってしまったんだけどね。だからこの部屋には、昔はいったことがあったの。天窓も見たわ。天窓から覗く空もね」

一年半近くが経ち、その部屋にまた自分がいるということが、真昼には途轍《とてつ》もなく不思議なことに思われた。すべては、この日に向かって動いていたような気がしてならない。

そのうちに、真昼はくすくすと咽喉《のど》の奥で笑いだした。ほとんど声を立てない笑い方だった。

「どうしたの? 急に笑ったりして」

「私、あなたの真下で寝ていたのよ。気がついていた?」

ああ、と、合点がいったというように、省吾の顔に薄い明かりがさした。

「もしかして、僕が寝ているところの真下にベッドを置いていた？　悪夢に魘された時だったかな、ふとそんな気がしたことがあった」

真昼は笑みの余韻を充分に残した顔で頷いた。

「そう、真下で寝ていたの。ねえ、二段ベッドよ」

省吾が笑った。珍しく、あははと声を立てていた。

「僕たちは現実に知り合う何ヵ月か前から、でっかい二段ベッドの上下で寝ていたんだ」

想像しただけでおかしくなって、二人はしばらくからだを揺するようにして笑っていた。

ようやく発作のような笑いがおさまると、省吾がいくぶんまじめな面持《おもも》ちをして真昼に言った。

「何年振りだろう、こんなふうに声を立てて笑ったのは」

真昼も真剣な色を瞳に漂わせながら省吾に言った。「私もよ。心から楽しくて声を立てて笑った時のことなんか、もう記憶のはるか彼方《かなた》だわ」

二人は、もう笑い合わなかった。その分、自分が得た幸せを、静かにしみじみと味わっていた。

「音によって癒《いや》しや喜びが得られるなんてことは、自分には絶対にないと思っていたよ」

省吾が言った。

「私だってそうだわ」

「でも、違った」

「え?」

「真昼の笑い声は、本当に耳に心地いいよ」

「それも私もおんなじ」真昼の頬が、また自然と笑みで輝いていた。「省吾さんの声は、いつだって心地よく耳に聞こえてくるわ。癒し系の音楽なんかじゃ、少しも癒されることがないっていうのにね」

癒し系と呼ばれる類《たぐい》の音楽は、自分たちにとっては禁忌なのだ、と省吾は語った。

1/fゆらぎのせいだ。1/fゆらぎを持つ音楽は、ある意味では最も原初的な音律を表している。小川のせせらぎ、鳥のさえずり、風にそよぐ草音……自然にしても同じだが、人間の生理に即した音のサイクルと整雑性を持った音律でもあるのだろう。郷愁を象徴するようなその音楽は、細胞の記憶の目覚ましともいえる。だからこそ、人は懐かしいものに触れたような心地になって安らぐことができるのだ。したがって、ほかの人間たちにとっては、耳にしていて快い音律に違いない。ところが省吾や真昼のような人間たちにとっては、細胞の記憶の目を覚まされることは、忌まわしい記憶が意識上にのぼってくることを意味しているし、同時に不安が喚《よ》び起こされることにもつながっていく。

「いい記憶ならいいさ。だけど、僕たちの細胞が記憶しているのは、どうもいい記憶ではないらしい。だから僕らには癒し系の音楽が癒しにはならない。音や音楽を癒しとひと括《くく》りにしてしまうこと自体が、僕に言わせれば大きな間違いなんだよ」

「やっぱり、私たちは罪人の末裔なのね。その記憶が細胞の中にあるのね。ミーム……」

「そう、ミーム」

　省吾がしっかりと頷く。

　一枚のコインの表と裏のように、まったく別の顔を持ちながらも、二人は同じ世間を同じように流れてきた。だから省吾と真昼は、少ない言葉でも、互いが何を考えているか、どういうことを考えて生きてきたかを理解し合える。それは嬉しいことであるのだが、反面、話はどうしても、自分たちが抱え込んだ暗がりの方へと向かっていってしまう。が、真昼は、今まで抱えてきた謎《なぞ》、あるいは、これまで自分の中だけで、勝手にあれこれ理屈をつけて考えてきたことが、省吾と語り合うことで、より鮮明になっていくような思いがしていた。目の前の霞《かすみ》が、どんどんとれていく。霞がとれた結果として、目に明らかに映るようになったものは、真昼にとって必ずしも喜ばしいものだけではないだろう。それでも省吾とともに見るのならば、怖くはないと思った。僕たち、僕ら、私たち……と、二人はもはや特別に意識することもなく、さっきからさかんに口にし合っている。そうした言葉が、真昼を勇気づけていてくれた。

「真昼。僕たちにはまだまだこれから話し合わなければいけないことがいっぱいあるね」

　不意に省吾が言った。昏《くら》さを孕《はら》んだ目をしていた。その目を見て、真昼は彼が、桑野亮治に思いを馳《は》せていることがすぐにわかった。あれだけ強烈で確固たる疑念の憎悪と殺意を胸の内に轟かせた男だ、手強《てごわ》い相手であることは間違いない。もしもあんな男にまつわりつかれてしまったら、と頭で自分の身に置き換えてみただけで鳥肌が立ち、真昼も足の裏がぞわぞわして落ち着かなくなってくる。思っただけで暗い未来が予感されて、省吾が思わず頭を抱えたくなってしまうのもよくわかる。しかし、真昼は敢えて頰笑んだ。その笑みは、省吾を励ますために拵《こしら》えた、まったくうわべだけのものという訳でもなかった。

「私たちは二人になった。もう一人じゃない。きっとどんな問題も、乗り越えていけると思うの」

真昼の言葉に、省吾の顔が心持ち緩んだ。しかし目の中に潜んだ昏さが、完全に消えてしまうことはなかった。

「今日はこれで下に帰るね」真昼は言った。「だけど、私はいつでもあなたのそばにいる」

真昼は心が華やぎを失ってしまわないうちに、五〇七の省吾の部屋をでた。

別れ際に、二人はしっかりと手を握り合った。その省吾の手の温《ぬく》もりが、自分の部屋の前までたどり着いてもまだ真昼の掌《てのひら》に残っていた。一階分階段をおりるだけで部屋に着いてしまうというのが、真昼には何だか不思議だった。そして部屋の中にはいれば、頭上のかすかな物音や気配で、省吾の行動や心の動きを察することができる。少し前までは、厭《いと》わしいとしか思っていなかったはずの五〇七の男の気配……奇妙なものだった。

（大丈夫よ、きっとうまくいく）

ドアの前で立ち止まり、真昼は一度上を見上げて呟いた。

（二人で本気になったら、どんなことだって、何とか切り抜けられるわ）

真昼と正午——、部屋の鍵《かぎ》をあけながら、その思いがけない符合に、真昼の口もとがさざやかな笑みのかたちを描いていた。どちらもいたって明るい名前だ。太陽が頭の真上にきて、自分の影さえ足の裏に隠してしまうほど、光に満ちた眩《まぶ》しい名前だ。

それでいて、これまでの人生の道筋の暗さは何だったのだろうか、という思いが、真昼の胸を横切った。表面明るくとり繕《つくろ》っていても、心にはいつも拭《ぬぐ》いきれない湿った暗がりがあった。常に何かに追われて逃げているような後ろめたさにつきまとわれていた。

（とうとう省吾さんに、何もかもを話してしまった……）

果してそれは正しい判断に基づく正しい行為だったのだろうか。ふと疑問の念が胸に萌《きざ》しかける。だが、真昼は意思の力でそれを打ち消し、無理矢理捩《ね》じ伏せようとするみたいに首を横に振った。

耳の底に、また声が聞こえていた。

アナタハ彼カラ離レラレナイ。

彼モアナタカラ離レラレナイ。

ソレハアナタモ彼モ、罪人ノ末裔デアリ、罪人ダカラ。

そうよ、私たちはもうお互いに離れられない——、省吾の肌の温もりを思い出しながらそう思う気持ちのかたわらで、真昼は一抹の怖さのようなものを覚えていた。

（罪人だから？　罪人の末裔だから？　だから私たちは離れられないの？）

真昼の耳には、いつも囁くふたつの声がある。ひとつは自分自身の声。そしてもうひとつは、真昼とはべつの女の声。少し前までは、悪夢の女の声だと思っていた。だが、本当にそうなのだろうか。

神経質ニナリスギテハ駄目。

幸セニナルノヨ、真昼。

今度は、自分の声が聞こえていた。真昼は知らず知らずのうちにその声に、無言で頷くかたちで応えていた。

第六章　もう一人の女

1

二月が終わろうとしていた。

真昼は寒いのが得意でない。だから、二月が終わりを迎える頃になると、「春がそこのビルの角までやってきている」という英語の言い回しを、毎年決まって思い出す。いまだ冬の中に身を置いてはいても、何とはなしにゆえない希望を抱けそうな気分になる時期なのかもしれない。

加えて今年は、省吾という特別な恋人、あるいは人生のパートナーというべき相手を得たのだから、春や希望をビルの角あたりにではなく、マンションの入口ぐらいに身近に感じていてもいいはずだった。

だが、そうはいかなかった。

いうまでもなく、桑野亮治の存在が大きい。彼は省吾にとってはもちろんのこと、やはり真昼にとっても脅威だった。

心配をかけまいとしてのことだろう、桑野とのことに関しては、省吾はあまり多くを真昼に対して語ろうとしない。が、省吾の様子を見ていたら、真昼もだいたいの見当がつく。桑野は何とか証拠を摑《つか》もうと動いているし、気持ちの上でも省吾を追い詰めたいと考えている。だから省吾のまわりをうろうろして、彼にプレッシャーをかけてきている。カノン製薬や省吾が勤める研究所の近辺にも、きっと桑野は出現しているに違いない。桑野と遭遇した日の省吾は、やはりいつもと顔色が違っている。心がふいとよそにはぐれる時があるし、落ち着きを失う瞬間がある。自分でもどうにもその衝動を抑えきれなくなって、急に思い立ったような顔で手を洗いに立つ。さっき洗ったばかりなのに……そう思っても、真昼も省吾に何も言えない。ただ、そんな省吾を、見ていて痛々しく思う。

それだけならまだよかったかもしれない。だが、時として真昼は、省吾の心に生じたいやな種類の雑音を、否応《いやおう》なしに感じとってしまうことがあった。

桑野のことを考えている時だ。何とか彼から逃れようと算段している時だ。ふと省吾の心に、桑野を途方もなく厄介かつ疎《うと》ましく思い、できれば排除したいという念が膨らむことがある。その念は、桑野に対する明らかな憎しみを含んでいたし、もっというなら、殺意のようなものさえ含んでいるように思われた。その雑音を感じてしまった時は、真昼も平静ではいられなくなる。放《ほう》っておいたら、省吾は重ねて罪を犯してしまうかもしれない——、そう考えただけで、居ても立ってもいられないような心地になってしまうのだ。

この世は弱肉強食、殺《や》るか殺られるかだ。そういってしまえばそれだけのことだ。とはいえ、自分が犯した罪を隠蔽《いんぺい》し、自分が無事生きのびるためにまた人を殺したら、そのことでまた苦しんでいかなくてはならなくなる。一人余計に殺したら、綻《ほころ》びの箇所もふえてくる。またいつ新たな追手が自分たちにかかってこないとも限らない。

村上光恵の一件は、転落事故というかたちで決着を見たものの、それでも真昼は何かの拍子に、出口なし、といった気分に陥ることがある。何があったという訳ではない。なのに誰とは知らない追手なり脅迫者なりを、頭の中で自分で勝手に作り上げ、彼らに追い詰められて、罪が暴かれる日がくるような妄想に、完全に囚《とら》われきってしまうのだ。

そうなると、動悸《どうき》がしてくる。眠れなくなる。物音にもふだんにもまして敏感になる。脅《おび》えきる。顔からも血の気が退《ひ》いて、今しも引っ立てられようとでもしているかのように、ぶるぶるからだが震えてきてしまう。死んだ方がマシ、何度、そう思ったかしれない。それでいて死ねない。だから苦しみは繰り返し続く。最悪の時間だった。

桑野留美を殺してしまったことで、省吾が同じ苦しみを背負っているのがわかっているだけに、真昼は何としても省吾が第二の罪を犯してしまうことを食い止めたかった。

(二度三度と重ねたら、それこそ本物の殺人者になってしまう)

そう考えて、真昼はふと妙な気持ちになった。最初の頃、顔も知らなければ、むろん省吾とも知らぬ五〇七の男のことを、シリアルキラー、連続殺人犯だと思っていた時期があった。万が一省吾が、たとえ自分が生きのびるためであれ、重ねて人を殺すようなことがあったら、当初の真昼の推測が、結果として事実になってしまうではないか。そんなことを

(駄目よ、そんなの。あなたも私もこれ以上自分の手を汚してはいけない。

していたら、必ずいつか逃げきれなくなる日がくるわ）

だが、真昼の思いに反して、省吾の中の桑野に対する憎悪の念は、日増しに募っていくようだった。

ある時、桑野とのことに思いを馳《は》せている省吾と、真昼は不意に目があった。真昼の意識が自分に向かってきていることを、省吾も肌で感じとったのだと思う。

「君は……」重たげな口調で省吾が言った。「どのぐらいまで人の心の音を聞くことができるの？」

一瞬ぎくりとなりかけた。そんな自分の神経を、無理矢理抑えるようにして真昼は首を小さく横に振った。

「たいしたことはないわ。雑音というのかしら、ざわざわいう音なんかが、ぼんやりわかるだけ。それと、前にあなたに話したみたいに、びくっとなったりぎくっとなったり、そういう時に相手が発する電気や電波のようなものは、感じとることができるけど。その程度のものよ」

「心の声は聞けないの？」

「心の声だなんてそんな」

真昼はどこか情けなげな笑みを顔に浮かべた。半分泣いているような笑みになっていた。

「そこまで聞くことができたら、もはや私はエスパーよ」

言いながら、真昼は哀《かな》しい思いでいた。生涯寄り添い、支え合っていくはずのパートナーに対しても、完全には本当の話ができない。全部語ったつもりでも、やはり秘密の部分が残ってしまう。

もちろん省吾に対して口にしたことは、まったくの嘘《うそ》ではない。が、言葉通り真実という訳でもなかった。ただ雑音として聞いているだけなら、その雑音を発せしめる元の感情というものの区別が、もっとつかずにいていいはずだった。だが、真昼には判別がつく。それが疑心なのか不安なのか憎悪なのか怨恨《えんこん》なのか……それともまたべつの感情なのかだ。ごく稀《まれ》にだが、その底流にある感情があまりに直線的で強かったりした場合には、相手が頭で呟《つぶや》いた言葉が、声として耳に聞こえてくることもある。だから省吾が桑野に殺意に近い思いを抱いていることも感じとれた。

それを省吾に語れるものだろうか。真昼の聴覚がそこまで鋭いものだと知ったら、さすがに彼もいやな気持ちになるのではないか。自分の負の側面の気持ちや感情など、誰も人に覗《のぞ》き見されたくはない。

すなわち、二人の間に横たわる問題は、桑野のことだけではないといえた。彼のことがきっかけにはなっているが、双子のような真昼と省吾の間にも、早くも問題は生じつつあった。どんな男女の蜜月《みつげつ》も、そうそう長くは続かないものなのか。

真昼は首を横に振った。省吾と真昼は、出逢《であ》うべくして出逢った人間同士のはずだった。蜜月が、ほかの男女よりもはかなく終わってしまうはずがない。強い絆《きずな》を信じたからこそ、省吾も真昼も誰にも話していなかった自分の秘密と罪の両方を、相手に対して口にした。

そこには、生涯寄り添って生きていくのだという、本能的な決意が確かにあったはずだった。

（そうよ。問題が解決して、明るい方だけ見ていくことができるようになったら、何の問題もないことなのよ）

自分を励ますように真昼は呟いた。

だが、問題は解決するのだろうか。桑野が自分が省吾に対して抱いていた疑念は誤りだったと考え直して、二人の前から姿を消す日はくるのだろうか。

それを考えると、真昼は絶望的な気分に陥らざるを得なかった。真昼の印象にすぎないが、桑野は頑迷で執念深い男のような気がしてならない。単に彼が頑迷なだけならまだしも、彼が確信していることが、現実にも事実であり真実であるということが厄介だった。

少し憂鬱《ゆううつ》な気分を抱えたまま、真昼は日常の買い物にでた。さっきまで晴れ渡っていた空に雲がでていた。雨の気配を含んだ濃い灰色をした雲だった。濁りを帯びた空模様に、なおさら気分が重たくなりそうだったが、これも春が近いしるしと考えることにした。そう、春はマンションの入口までやってきている。

が、少しばかりの食料品と五つひとパックになったティッシュを下げて帰ってきた真昼をマンションの入口で待ち受けていたのは春ではなかった。

桑野亮治。反射的に真昼の顔が強張《こわば》っていた。

「あんた、何を考えているんだ?」桑野がいきなり真昼に言った。「どうしてあんな男とつき合っている?」

無視して行き過ぎようとする。しかし桑野は真昼の前に立ちはだかった。

「警告したはずだ。あの男は人殺しなんだ。俺の妹はあいつに殺された。俺は妹の仇《かたき》さえとれればいいと考えている人でなしじゃない。あんたがあの男の次の犠牲者になっちゃいけない、羊の皮をかぶったあの男に騙《だま》されちゃいけない、そう思って警告した。なのにあんたは」

真昼は黙って桑野の顔を見た。表情は変えなかったつもりだが、心臓がどきどき鳴っているのが自分でもわかった。

「青山でもあんたがあいつと一緒にいるところを見た。このあいだの日曜は、一緒にスーパーで買い物をしていたよな。どうしてなんだ? 人を殺したような男とどうしてつき合う?」

「あの人は、そんな人じゃありません。本当に人を殺したのなら、警察に捕まっているはずじゃないですか。そういうことにはなっていないのですから、彼は人を殺したりはしていないということです。優秀な日本の警察が、人殺しを見逃すはずがないと思います」

真昼の言葉に、桑野の顔がぐにゃりとひしゃげた。

「何を言ってるんだ。日本の警察が優秀だったのは昔の話だ。今どれだけ未解決の事件が多いか、あんた、そんなことも知らないのか。おまけにおかしな奴らもふえていて、警察だって手がまわりゃしない。残念ながら、妹の死体は発見されていないんだ。だから警察も殺人事件と見なしていない。それだけのことなんだ。あいつが殺人犯であることには変わりがないし、それが事実ってやつなんだよ」

「どうしてそんなことが言えるんですか? 失礼ですけれど、私はあなたの思い込みだという気がしますけれど」

心を落ち着けて、真昼は懸命に抗弁した。

「教えてくれた人間がいるんだよ」

桑野の言葉に少し驚いて、真昼は彼の顔を見た。

「俺はアメリカで暮らしていて、妹とは長いこと離れていた。その俺のところに、わざわざ手紙をくれた人間がいるんだ」

「手紙……」

「妹と奴とのことが詳しく書かれていた。妹をもてあまして、あいつが妹を殺して埋めたこともね」

さすがにぎくりとなった。桑野に手紙を寄越した人物は、省吾が死体を土中に埋めたことまで承知している。省吾の犯罪を、つぶさに承知している人間がどこかにいるということだ。

「誰なんですか、その人は?」

「わからない」

「わからない？」

「ただ、字や文章から見て、女であることは間違いないと思う」

「あなた、どこの誰ともわからない人の言っていることを、鵜呑《うの》みになさっているんですか？」

「あんたもあの手紙を見たら、俺が信じた訳がわかるさ。それは詳しく書かれていたからね。留美と、――妹と、親しい間柄の人間じゃなかったら、知らないはずのことも多かった」

「それにしたって」

「いいか」桑野は真昼の顔を見据えた。「あの男が人殺しだというのは、本当のことなんだ。だからこそあいつは鈴木健一なんて名前を使って部屋を借りている。あの男の本当の名前は潮見省吾だ。あんた、それを知っているのか？」

どう答えるべきか、即座に判断がつかなかった。真昼は返事をせずに俯《うつむ》いた。

「あんたは俺を信じるべきだ。今度手紙を見せる。だからあんたも協力してくれ」

「協力って何を？……」

「何かわかった時は報《しら》せてほしい。ただしこれはあんたがあくまでもあいつとつき合うというつもりならば、の話だ。俺はあんたに危険を冒させてまで、情報を得ようと思っちゃいない」

そう言うと、桑野は自分の携帯の番号を記したメモを真昼に手渡した。

「今度、本当に手紙を見せる。そうしたら、きっとあんたも納得する」

真昼に向かって真剣な面持《おもも》ちでひとつ頷《うなず》いてみせると、桑野はそのまま去っていった。

マンションの入口に、茫然《ぼうぜん》としたまま立ち尽くす。

前に偶然遭遇した時と同じように、桑野の心からは轟音《ごうおん》に等しい雑音が聞こえていた。

省吾を憎しみ、殺してやりたいと思う気持ちが立てる騒音だ。が、それだけではなかった。

真昼のことを彼なりに心配して、真昼に向かって語りかけてきている時は、かまびすしいような轟音は一時的に止《や》み、心の糸がかすかに振動する音が聞こえてきていた。彼は本当に真昼の身を案じて言っている。

（ややこしいことになった……）

桑野が真昼を案じているということのみならず、桑野に省吾の犯罪を報せた人間が存在するということが、何といっても問題だった。それでは桑野を排除しても、その人物が残ってしまう。しかもその人物は、かなり詳しく省吾と留美のことを承知している。ならばなぜ、警察にそれを報せなかったのか。どうして警察にではなく、アメリカに住む桑野に報せたのか。

桑野以外に承知している人間がいるということを、省吾に告げていいものだろうか――、真昼は顔を翳《かげ》らせた。告げねばならないことだとは思う。しかし、これ以上省吾を追い込むのは真昼もつらい。

（どうしたらいいの）

手紙を見せる。字や文章から見て、女であることは間違いないと思う——、桑野の言葉が真昼の耳に甦《よみがえ》っていた。

その女とはいったいどこの誰なのだろうか。当時省吾や留美とつき合いがあった訳ではないのだから、むろん真昼にわかろうはずもない。だが、手紙を見せてもらうということは、必要なことのように思われた。それによってその女が、どこまで事実を摑んでいるかが真昼にもわかる。省吾に告げるのは、それからでも遅くないような気がした。

買ってきた荷物を下げてエレベータに乗り込む。

(春はマンションの入口まできていたはずなのに)

自然と顔が俯き加減になっていた。

(現実にやってくるのは厄介ごとばっかり)

こんなことで本当に自分たちは幸せになれるのだろうか、という疑念が頭をもたげる。幸せになれると、遮二無二《しゃにむに》信じることができずにいる自分が哀しかった。

外ではとうとう雨が降りはじめた。真昼の代わりに、空が陰鬱な顔で泣いていた。

2

真昼と省吾は、べつに一緒に暮らしはじめたという訳ではない。マンションの大きなひとつ屋根の下での上下の〝同居〟ということに、何ら変わりはなかった。生活もまた、これまでと大差ない。相変わらず省吾は、週に二度ぐらいは横浜に泊まってくるし、帰ってくればまっすぐ五〇七の自分の部屋に戻る。週末のうち土曜日か日曜日は、なるべく二人でゆっくり過ごす時間を持つようにしているが、平日はせいぜい夜の二、三時間を一緒に過ごす晩が一日持てるかどうかというところだった。

が、それでよかった。仮に結婚したとしても、そうした過ごし方に大きな違いはでてこないのではないかと真昼は思う。いかに同類でも、省吾と真昼はふつうの男女ではないからこその同類であって、完全に生活空間と生活時間を重ねることはできない。そんなことをしたら、必ずどちらかが先に音《ね》を上げる。それは二人が背負った宿命のようなもので、愛しているとかいないとかとは、まったくべつの問題だった。そのことは、自分たちが一番よくわかっている。これまでは、相手にそこを説明することができないから、恋愛も結婚も……何もかもが難しかったし、自分には無理なことと諦《あきら》めざるを得なかった。でも、二人の間においては、もはやその説明は不要だった。

真昼が桑野に声をかけられた週の終わりの土曜のことだった。真昼と省吾は、家で夕食をともにする約束をしていた。それで午後になると、まずは二人連れ立って、駅の近くのスーパーに買い物に出かけた。外で食事をするのも悪くない。だが、周囲の音に煩《わずら》わされずに過ごせるという点では、やはり二人にとっては家に勝《まさ》る場所はない。だから省吾と真昼は週末になると、一緒に買い物に出かけて、どちらかの部屋で食事をするようになっていた。料理を作る道具の都合上、真昼の部屋で、ということが多い。そうして二人連れ立って買い物をしているところを、桑野に目撃されてしまった訳だったが。

「今晩は何にする？　お刺身と、お浸《ひた》しと……やっぱり鍋にする？　鍋もそろそろ終わりという時期だものね。最後のお鍋っていうのはどう？」

真昼は並んだ食品に目を向けたまま、スーパーの中をカートを押して歩きながらかたわらの省吾に言った。

返事がなかった。ゆっくりと首を動かして、斜め上の省吾の顔を見上げる。

省吾の目は、まっすぐ前に向けられていた。たぶん彼の目は、現にそこにあるものは何も映していない。何を見ているかがさだかでなかった。ただし、焦点がはっきりとせず、何を見ていない。彼が見ているのは、頭の中の桑野の顔に違いなかった。

心に雲がかかった。それを誤魔化《ごまか》すように、とぼけた調子でもう一度真昼は言った。

「最後のお鍋。今晩は、お鍋でいいかなあ」

あ、いいよ、と省吾が答える声がした。今度は声が耳に届いたようだった。

「そうだね。今日はけっこう寒いしね」

買い物を済ませ、肩を並べてマンションに向かって歩きだす。歩いている間も、会話は少しも弾まなかった。真昼に接触してきたように、きっと桑野はこの週省吾にも、直接接触してきたのに相違ない。彼は何と言って省吾に迫ったのか、省吾に圧力を加えたのか。

桑野の問題が、完全なまでに省吾の心を占めている。しかも彼の心から聞こえてくるのはぎしぎしという軋《きし》むような雑音だった。雑音によいも悪いもない。それでも、やはり決して耳に響きのよい種類のものではない。だんだんと桑野に対する憎しみが、省吾の中で募りつつある。そのことを、真昼は省吾が立てる音で如実に感じていた。

自分が留美という女を殺しておいて、勝手なものだと人は思うかもしれない。が、省吾にしてみれば、非の何分の一かは留美にあるし、また非の何分の一かは人並みはずれた迷惑な聴覚、あるいはよくない因縁やめぐり合わせという、彼個人の責任の外側にあるという思いが強い。省吾がどうしても自分だけが悪いとは思えずにいるというのも、真昼にならばよくわかる。こんな聴覚さえ持っていなかったら、村上光恵と出逢うことがなかったら、村上光恵が穏便な対応をしてくれていたら……つい考えてしまうのは、真昼も同じことだった。

アンナ奴サエイナカッタラ。

アイツサエ消エテクレタラ。

真昼の耳に、省吾の心が聞こえてきた。途端に真昼の肩は落ちていた。ひたひたと、胸から絶望が押し寄せてくる。

「どうした?」真昼の顔を覗き込んで省吾が言った。

「省吾さん……」いったん言葉が途切れる。

「何?」

「逃げようか」

「え？」

「どこかに二人で逃げようか」

いつの間にか、二人して足をとめていた。省吾の顔に翳が落ち、じわじわと目をも灰色に沈ませていく。やがて省吾は、思い出したように歩きはじめた。真昼もそれに従う。

このままいくと、省吾が桑野とよくないかたちで対決しかねない気がした。これ以上省吾に罪を重ねさせたくない。それに桑野を消したところで、彼に事実を告げた謎の女がまだ残る。その女の存在を省吾はまだ知らない。それよりも何よりも、まかり間違って省吾が桑野に殺されてしまうようなことになってはとり返しがつかない。

「逃げるのは、もういやだ」前を見据えたまま、省吾が言った。「それに逃げたら、今の仕事も投げださなくてはならなくなる」

真昼の仕事はどこでもできる。が、確かに省吾の仕事は、フリーでできる種類の仕事ではなかった。

「新薬開発の研究が、いいところまできてるんだ。うちの会社は研究員を大事にしてくれる。自分から研究所を離れたいとは思わない。どうにかここまでやってきたんだ。自分の耳のために、僕は人生をそこまで諦めたくない」

そうはいっても、捕まってしまったらしょうがない、殺されてしまったらしょうがない……思いながらも、真昼は返すに適当な言葉が見つけられずに沈黙した。

「真昼」

マンションの小さなロビーで、エレベータ待ちをしていた時だった。不意に省吾が真剣な面持ちをして真昼を見つめた。何？　というように、小首を傾《かし》げ加減にして省吾を見る。

「君はどこまで人の心の音を聞くことができるの？」

「だから、それは前に言ったみたいに——」

省吾がゆっくりと顔を左右に振る。真昼は無意識のうちに、ごくりと唾《つば》を飲んでいた。首の皮と筋肉が、自分でもはっきりとわかるぐらいに上下していた。

「何もかもわかり合って当然のような錯覚に陥っていたから、僕もうっかり見落としていた。というより、聞き流してしまっていた。君は前、僕が何も話してもいないのに、『埋めたのね』と言ったことがあった……」

神経が勝手にざわりと波立って、腋《わき》の下あたりに汗が噴き出していた。

「やっぱりそうなんだ。君は心の音というよりも、心の声まで耳にすることができるんだ。だからさっきも逃げようと言いだした。僕の心の呟きが聞こえたから」

省吾にざわりを感じとられた。もう隠しようがなかった。

「省吾さん」

エレベータに乗り込むと、省吾は4の数字のボタンを押した。

「今日は一人にしてくれ。これは、君が食べて」省吾はスーパーの白い袋を持ち上げた。

「部屋の入口までは、荷物を運びがてら送るから」

「省吾さん、私たち、もっと話し合うべきだと思うの」こみ上げる涙をこらえて真昼は言った。「私も何でも話すわ。私たち、やっぱり何でも話し合って、二人で乗り越えていくべきだと思うの」

「わかってる」

省吾は頷いた。その顔は、灰色がかってはいるものの、穏やかだったし落ち着いてもいた。目にもさほどの暗さは窺《うかが》えなかった。

「ただ、今日は一人になりたい。わかってくれるよね」

頷くしかなかった。省吾の手を握り締めて縋《すが》りつきたいという衝動を、泣く泣く意志の力で押し殺す。

「ねえ、私たち、一緒に生きていく道を模索していけるわよね」

自分の部屋のドアの前に立ち、なおも真昼は未練のように、省吾に向かって確認していた。こんなことで彼との仲が終わりになってしまうのは堪《たま》らない。寂しすぎるし悲しすぎる。

省吾は再びこくりと深く頷いた。

省吾の心から、とりたてていやな雑音が聞こえてきていないことが、真昼を少しだけ安心させた。少なくとも、省吾は真昼のことを怒っていないし、憎んでもいない。しかし、彼の心は塞《ふさ》いでいる。いや、彼は意識的に真昼に対して、今、心を閉ざしているのかもしれなかった。

「真昼。僕らは特別なつながり方をしている。ふつうとは結びつき方が違うんだ。その絆は、そうそう簡単に切れるものじゃないよ」

僕ら――、その言葉を拠《よ》りどころとするような気持ちで、真昼は省吾と別れた。二人分の食料品だけが、真昼の手に重たく残った。

ドアを閉めた後、真昼は玄関口にしゃがみ込み、しばらくの間声を立てずに泣いていた。

二人でゆっくり過ごすはずの土曜の夜も、フイになった。食べるものだけはたっぷりとあるが、とても一人で鍋をつつく気持ちにはなれない。もしかしたら明日、省吾と二人で食べられるかもしれない、という淡い希望も胸にあった。省吾もひと晩一人で考えたら、またそんな気持ちにならないとも限らないのではあるまいか。が、それはなるべく意識しないようにした。意識すれば、駄目になった時がなおさらつらい。

夕食の頃合いになると、刺身だけは今日食べた方がよかろうと、のろのろとした活気のない手つきで、冷蔵庫の中から刺身のパックをテーブルにだした。いざだしてみると、それだけでも一人で食べるとなると、もてあましてしまいそうな量に思われた。なおさら暗い気持ちになる。

温かいものが恋しかった。が、これ以上何か作っては大変なことになる。テーブルの上に料理の残骸《ざんがい》を見るのは寒々しくて堪らない。

真昼は白のテーブルワインで舌と咽喉《のど》を浸しながら、刺身に箸《はし》をのばしはじめた。真鯛《まだい》、甘エビ、マグロ……ネタが新鮮でよさそうなものを買ってきたから、決してまずくないはずだった。しかし気持ちが滅入《めい》っているせいか、味らしい味が感じられなかった。ただ醬《しょう》油《ゆ》と山葵《わさび》の味だけが舌に残る。

呼び鈴が鳴った。一瞬、省吾か、と思ってから、すぐさま真昼は首を横に振った。省吾は今も上の部屋にいる。彼が部屋をでた様子はまったくなかった。

はい、と返事をしてから玄関口にいき、ドアスコープを覗いた。桑野亮治が立っていた。

(疫病神……)

思わず心の中で呟く。

「ドアをあけなくていい」桑野が言った。「俺は今日、君に手紙を届けにきただけだから。コピーしたものをドアのポストに入れておく。ぜひ読んでもらいたい」

それだけ言うと、疫病神はあっさりと、背中を向けて去っていった。あっという間に、桑野の姿が見えなくなる。

(手紙)

真昼はドアのポストから、やや大きめの角封筒を取りだした。中を覗いて見る。手紙をコピーした紙が、折り畳まれて収められている様子だった。

ダイニングに戻り、再び刺身とワインがのっているテーブルに着く。ただし、すぐに食事には戻らなかった。当然手紙のコピーを読むのが先だ。真昼は皿とグラスを少し脇《わき》によけて、折り畳まれた紙を開いた。

便箋《びんせん》五枚分の長い手紙だった。

留美がつき合っていたのがどこの誰で、彼とどういうつき合いをしていたか、また、彼が留美を殺したのに相違ないということが、留美と親しくなければ知りようもないだろうと思われる事実を織り交ぜて、綿々と綴《つづ》られていた。

留美と親しくなければ知りようもない事実——、たとえば、留美の日頃の暮らしぶりや部屋の中の様子や、また、留美が打ち明けたからこそわかる、彼女が当時つき合っていた男の名前や素性、それに彼に対する気持ちといった種類のことだ。もちろん彼というのは、潮見省吾。その名前も、勤め先のカノン製薬の名前と併せて、手紙にははっきりと記されていた。


——潮見省吾という男は、留美さんがはじめて将来を考えた相手ではないかと思います。留美さんはきれいなかたですから、言い寄ってくる男性は多かったのです。その人たちに目もくれず、彼女は一途《いちず》に彼との将来を考え、夢見ていました。

少なくとも、私の目にはそう映りました。

しかし、潮見には、まったくその気持ちがなかったのです。

こんな言い方をするのは、私も本当につらいのですが、彼は留美さんのことを、性の道具のようにしか考えていなかったのだと思います。それでだんだんに留美さんのことが鬱陶《うっとう》しくなった。いえ、潮見という男はもともと、いずれは留美さんを虐《いたぶ》って殺すことを目的としていたのかもしれません。見た目には理知的な感じのする男で、彼はとてもそんな人間とは思えません。でも、ひと皮剝《む》けば大変な冷血漢だと思います。何か人とは違ったいやなものが内にある感じのする男です。私に勇気がないばっかりに、彼が留美さんを殺したに違いないと確信していながら、恐ろしくて警察にもいけずにいます。それでは留美さんに合わせる顔がありません。申し訳が立ちません。それで思い切って私が承知していることを、留美さんが一番仲がいいと話していたお兄様に、お知らせさせていただくことにしました。名乗る勇気すらなく、まことに申し訳ありません。あわせてお詫《わ》び申し上げます。——

手紙はそんな文章で結ばれていた。

ひと通り読み終えた後、真昼は色のない顔をゆっくり左右に振っていた。

(ひどすぎる。この手紙はあまりにもひどすぎる)

一見文章は穏やかでいかにも常識的で節度ある人間が書いたかのように思われる。が、随所に亮治の神経を逆撫《さかな》でし、彼の省吾に対する憎しみを掻《か》き立てる書き方がなされている。途中にこんな一節があった。

——留美さんを殺した潮見に、負い目があるのは当然でしょう。しかしそれは、留美さんを殺してしまった後悔からくるものではないと思います。ただ彼は、自分の罪が白日の下にさらされて、警察に捕まり、刑務所にはいることだけが怖いのです。留美さんを殺してしまったことに対する申し訳なさは、彼の心には微塵《みじん》もありません。その証拠に、彼は今も研究員としてカノン製薬に勤める一方で、べつに部屋を借り、鈴木健一という偽名を用いて生活の場を確保しています。彼にあるのは保身です。片方では体面を繕《つくろ》い、片方では逃げ道を用意している。潮見省吾とはそういう男です。

そもそも鈴木健一という偽名で部屋を借りているということ自体が、彼が犯罪者であることの証《あかし》だと私は思っています。——

肉親の行方が杳《よう》として知れなくなって心配している。そんなところにこんな手紙が届いたら、桑野ならずとも、省吾を冷酷無比な鬼畜のように思い、憎しみを募らせてしまうのも無理はない。

（いったい誰がこんなものを……）

考えたところで、真昼は留美のことを知らないのだから、留美の友人を知っている道理もない。だが、省吾は、留美は親しい人間にもまだ彼のことは話していなかったと言っていた。そもそも自分に過剰なまでの自信があって、プライドも高い留美が、自分に思うに任せない相手がいることを、やすやすと友だちに打ち明けたりするものだろうか。男はみんな自分の思うがまま、留美はそういうふうに振る舞いたい種類の女ではなかったか。

（おかしい。だいたいこの手紙、省吾さんに対する悪意に満ち溢《あふ》れすぎている）

思ってから、真昼ははっとなった。そんな馬鹿なことがあるはずがない。だが、真昼は手紙の文字に、どこかで見覚えがあるような気がしていた。

（どこで？）

心で自分に問いかける。

（私はどこでこの字を見たっていうの？　だいたい、そんなことがある訳がないじゃないの）

思い込みだと否定しようとする。だが、達筆でありながら、読みやすく柔らかい文字の表情と流れに、どうしても覚えがあるような気がしてしょうがない。ひとつひとつの字が孕《はら》む独特の空気にも、ぼんやりとした記憶がある。

（誰？　誰よ？　思い出すのよ、真昼）

真昼はいつの間にかテーブルに肘《ひじ》をつき、頭を抱え込んでいた。眉根《まゆね》が強く寄り、黒い翳が額から目のあたりを包み込む。だが、記憶の糸はなかなかつながらない。真昼の中で、もどかしさだけが募っていく。

テーブルの上では、白ワインを半分湛《たた》えたグラスと刺身が、忘れられたように置き去りにされていた。

3

翌日の日曜日、省吾が気をとり直して、改めて真昼の部屋を訪れてくるということはなかった。

それも致し方のないことだと真昼は諦めた。置かれている状況が真昼とは違う。真昼に追手はかかっていないが、省吾には現実問題として桑野という怖い追手の存在がある。真昼との問題だけでなく、彼には考えなくてはならないことがたくさんあるはずだった。それもいくら考えたくないと思っても、いやでも考えざるを得ない上に、頭が勝手に考えてしまう種類の問題が。

実のところ真昼もまた、それどころではない状況に陥っていた。昨日の晩は、ほとんど一睡もできずにいた。

どうしても、桑野にだされた手紙の主の筆に覚えがあるという思いが打ち消せず、真昼は夕食を中断して、昨年から今年にかけて自分に届いた手紙をひとつひとつ眺めてみた。本来一人一人の筆跡が、最も手っとり早くわかるのは年賀状だろう。が、最近はほとんどの人がパソコンで年賀状を作成している。宛《あ》て名書きまでパソコンでしてくるので、知り合いの字を確認することが難しい。それでも、真昼はまずはひと通り年賀状から眺めてみた。

一枚一枚、自分に届いた年賀状の、裏と表を眺めていく。

――真昼ちゃん、メールばかりではなく、たまには生でお目にかかりましょうね。――

宛て名も賀状もパソコンで作成されたものだった。が、その添書《そえがき》の文字を目にした時、真昼の手がぴたりと止まった。

（似ている……でも、まさか）

手紙のコピーの文字と添書の文字を突き合わせてみた。

「私に勇気がない〝ばっかり〟に」と「メール〝ばかり〟」、「負い目があるのは当然で〝しょう〟」と「お目にかかりま〝しょう〟」……

長い手紙であることが幸いして、はっきりと重なる言葉の部分が見つかった。両者を並べ、こっちを見てはまたあっちを見てと、せわしなく首と目を動かしながら比べてみる。両者の文字は、酷似しているといってよかった。〝か〟の字が孕む空気、流れるような〝しょう〟の文字、真昼には同一人物の筆によるものとしか思えなかった。

〝同一人物〟という裁定が自分の中で下された時、真昼の顔から、血の気がいったんきれいに退いていた。

差出人の名前は、――宇佐美京子。

(どうして?)

その疑問の言葉だけが、ほぼひと晩じゅう、真昼の頭の中で繰り返された。そう繰り返さざるを得なかったのは、いくら考えても答えが容易に導きだせなかったからだ。頭上に懊悩《おうのう》している省吾の気配を感じながら、その真下の部屋で真昼もまた、闇《やみ》に浮かぶ恰好《かっこう》で、夜通し懊悩し続けていた。

留美は横浜のモデルクラブに所属していた女だ。京子との接点はないはずだった。一方、京子とカノン製薬との取り引きは、確か六、七年前からのことで、省吾のことも、彼女は数年前から知っていたはずだ。

しかし、省吾が京子に留美のことを話す道理がない。つき合っている女性がいるというようなきわめて個人的な話題もそうだろうが、その女がどこの誰で、しかも殺してしまったなどという大変な秘密を、彼がいかに京子にであれ、話すことはあり得ない。そんなことをすれば命奪《と》りになる。ひょっとして省吾は京子ともつき合っていた時期があるのか、彼と彼女は男と女の関係だったのか……一度は真昼もそう考えたが、それに関しても、真昼は心の中で首を横に振った。

「二人とも、とってもすてきな人たちなのに、浮いた噂《うわさ》のひとつもなさそうなんですもの」――、最初に三人で食事をした晩、京子はそんなふうに言っていた。自分が一時期でもつき合っていた相手なら、友だちに恋人候補として紹介しようとは思うまい。省吾にしても、仮に京子とつき合っていたことがあるのなら、それを善しとして受け入れまい。なのにどうして京子は省吾と留美のことを知っているのか。省吾が留美を殺したと確信しているのか。おまけに渡米していた留美の兄、桑野亮治に手紙まで書いていたとなれば、彼女は留美一家のアメリカのアドレスまで承知していたことになる。

（どうして？）

何かの間違いだ、と何度も賀状とコピーを見比べた。ほかにも京子からきた手紙があるはずだと、手紙の束をぶちまけた。新たに京子の手紙を見つけて突き合わせる。結果は同じだった。反対に、見れば見るほど、京子の文字としか思えなくなる。真昼は頭を抱える思いだった。

浜田山。

夜も白々と明けてきた頃だった。不意に頭に浮かんだ言葉があった。

浜田山。

「吉川さん、お宅はどちらでしたっけ？」

省吾が真昼に尋ねた時、真昼が答える前に、京子が間髪入れずにすかさず答えた。

「浜田山」

あの時真昼は、同じ杉並区、また井の頭線ということもあって、うっかり京子が久我山を浜田山と言い間違えたのだろうと解釈した。だが、本当にそうだったのだろうか。

京子は、省吾が久我山の真昼と同じマンションに、友だちの名義を借りる恰好で、密《ひそ》かに部屋を借りていることも承知していたのではなかったか。だから「久我山」と真昼が答えてしまっては、省吾が警戒するので都合が悪いと考えた。さらに省吾が突っ込んで尋ねたら、あの席で真昼が同じマンションに住んでいるということに、彼が気がついてしまう可能性があった。それゆえ京子は真昼が答える前に、「浜田山」と言い切った。そういうことではなかったか。

(でも、何のために？……そんなの絶対考えすぎよ)

真昼は、また自分が妄想という悪い癖にはいってしまっているような気がした。そもそも京子がそこまで知っているはずがないし、わざわざ事実を捩《ね》じ曲げることで、物事を混乱させる必要はどこにもない。

(じゃあ、手紙は何？　あの手紙の文字は何？　どうして京子さんの文字なのよ)

京子と真昼のつき合いは、四、五年前からのものだ。実際に時々会うようになったのは、ここ三年ほどのこと。年に四、五回会うかどうかだが、メールのやりとりは割合頻繁だし、友だちというものがない真昼にとって、彼女は最も信頼できる先輩であり、また一番の友だちでもあった。その京子が、悪意と作意をもって、何事かを真昼に対して仕掛けてきたりするものだろうか。

答えのでない謎々《なぞなぞ》だった。朝がきて、昼がきた。そして昼も過ぎていく。眠りのとれていない頭であれこれ無駄に考えるうち、疲れと眠気が、自然と滲《にじ》んできたらしかった。気づくと真昼はデスクに突っ伏す恰好で眠っていた。からだが冷えて目が覚めた。窓から朱の色を強くした日の光が差し込んでいた。もう夕焼けの時刻が近づきつつある。

額に手を当て、頭を左右に振ってから、その手で無造作に目をこすった。今日もまた、まともに仕事をしていない。ろくろく仕事もしないうち、はや一日が暮れていこうとしている。自分に対する嫌悪と苛立《いらだ》ちが、足の裏から湧《わ》き上がってくる。

こんなことをしていたら、いずれ納期を遅らせることになる。恐らく仕事の質も、以前に比べて確実に下がってきているはずだ。このままでは徐々に信用を失って、やがては仕事がこなくなる。

(生きていけなくなっちゃうじゃないの。しっかりするのよ、真昼)

自分で自分を叱咤《しった》する。

逃げたい、と思った。外野の声も、干渉も、追跡も、何もない無人島かどこかに省吾と二人で逃げて、そこで落ち着いて仕事がしたいと思った。が、そんな都合のいい島は現実にない。仮にあったとしても、真昼はよくても、仕事をなくした省吾は、生きている甲斐《かい》を失ってしまうことだろう。

逃げだすべきはこの現実ではなく、自分たちが置かれている迷宮なのかもしれなかった。

（だけど、どうやって？）

真昼は立ち上がって、チェックのフリースのカーディガンを羽織った。

その時、耳に囁《ささや》く声があった。自分の声なのか、また、べつの女の声なのか、一瞬のことで判断がつかなかった。


同類。

同類。

眼前に幽霊でも見たかのように、真昼の目が見開いていた。

（まさか）

窓の外の日の光が、一気に朱の色を濃くして、部屋の中に長い脚をのばしてきていた。

4

「シャロン」――、以前、京子と待ち合わせをした銀座の喫茶店だった。その後、省吾と待ち合わせをして、彼を試した喫茶店でもあった。そこで真昼はまた京子と待ち合わせをした。

今度は、真昼の方から京子を誘った。

少し早めにやってきて、窓際の席に腰を下ろすと、真昼はぼんやり窓の外の風景に視線を投げだしていた。

今年は春がくるのが早い様子だった。まだ日のある時刻に待ち合わせをしたということもあるだろうが、前に省吾とこの店で会った時よりも、格段に暖かくなっているのを感じる。時計に目をやる。四時四十八分。少し前までは、この時刻ですでに暗かった記憶がある。一心にパソコンに向かって仕事をしていると、いつの間にか手元が暗くなっていて、キーボードに翳が落ちてキーが見えづらくなっていることに気づかされたものだった。それで慌てて電気をつける。電気をつける時刻が、日ごと後ろにずれているのは感じていた。が、こうしてたまに表にでてみると、驚くほど日が長くなっていることに改めて気づかされる思いがした。

表に向けられた真昼の目は、どこか霞《かす》んだ色をしていた。それでも今日は、瞳《ひとみ》に映った風景を、彼女はきちんと認識していた。が、反対に、頭は何も考えていなかった。あれこれ考えすぎて、いい加減脳味噌《のうみそ》がくたびれてしまったのかもしれない。あまりに立て続けにいろいろなことが身の上に起きたものだから、そろそろ脳の許容量も、いっぱいというところにまできてしまっていた。

すべては五階に新たな住人が越してきたことからはじまった。

彼が殺人者ではないかと脅え、彼と一緒に悪夢を見、心の奥底では、自分の血と罪に戦《おのの》いていた。いや、いつの日か罪が暴かれることに、というべきだろうか。そして省吾と出逢って、束《つか》の間の安堵《あんど》を得た。夢が持てた。なのに省吾が五階の男だった。人殺しだった。天国から地獄、一度は絶望に浸された。しかし、彼は真昼と同じ種類の人間だった。だから真昼は、省吾とならやっていけるのではないかと、もう一度胸に希望を抱いた。浮かれもした。しかし、桑野という厄介者の存在が、その希望を打ち砕こうとしている。おまけにそこに京子までもが疑惑の存在として浮上した。

べつに真昼の脳の許容量が、人に比べてとりたてて小さいということではないと思う。誰だってたかだか半年の間にそんな目に遭い続けたら、「もういい加減にして」と悲鳴を上げたくなる。

それが許されるなら、いっそ真昼もすべてを投げだしてしまいたい。投げだせないのは、省吾を愛しているからだった。彼と一緒に幸せになりたいと願っているからだった。生まれてはじめて女として、真昼が抱いた夢であり希望であり、何としても手に入れたいと願った幸せだった。

ふと気配を感じて、店の入口を見る。オフホワイトのオーバーコートを着た京子が、ちょうど店内にはいってきたところだった。同じオーバーコートでも、真冬に着ていたものとは違っている。すでに春を意識した色と素材だし、デザインもすっきりしていて軽やかだった。顔の小さい京子によく似合っている。京子は色も白いから、全体がオーバーコートの白さに溶けて、一見雪女のようでもある。いや、雪の精というべきか。

「お待たせ」

京子が、細面《ほそおもて》でバランスのいい顔に淡い笑みを滲ませて言った。ぼんぼりにぽっと明かりが灯《とも》ったような笑みだった。その笑顔に、ついつい心がほだされそうになる。

「驚いちゃった。真昼ちゃんの方から会いたいなんて言ってくること、滅多《めった》になかったから」前の席に腰をおろしながら京子が言った。「それも、どうしても近いうちに会えませんか、なんてメールにあるんですもの。これまで真昼ちゃん、そんなこと言ってきたこと、ないものね」

「ごめんなさい。お仕事、大丈夫でしたか？」

「幸い大物は、昨日の日曜日でだいたいのケリがついてね、今日は少しゆっくりしようと思っていたところなの。原稿も出がけに送りだしてきたし、私もちょうどよかったのよ」

「ご無理を言ってすみません」

「いいのよ。ただ何事かって、ちょっと驚いただけ」

驚いた、と京子は重ねて口にした。だが、彼女の顔には驚きの色が微塵も窺えない。真昼の誘いを意外に思っているという気持ちもまた、真昼にはまったく伝わってこない。

京子はおとなしげで理知的で、やさしい顔だちをしている。色白で顔もからだも細いから、儚《はかな》げな風情もそこはかとなく身の周辺に漂って、いたって女らしい。現代的な美人というより、柳腰の昔ながらの美人の系統だろう。見た目に強烈なものはこれといって何もなく、いつも穏やかで顔の表情を大きく動かすこともしなければ、喋《しゃべ》り方も一貫して物静かだ。が、裏返せばそれは、ポーカーフェイスということだった。京子は自分の内側にあるものを決して表に見せない。手の内はさらさない。真昼はここにきて、はじめてそのことに気がついた。

今日もこうして京子を目の前にしながら、真昼は彼女の心の音に懸命に耳を傾けている。だが、心の音は聞こえてこなかった。無音に近い静けさ。振り返ってみれば、常にそうだった。真昼はそれが心地よくて、京子と過ごす時間に安堵を得ていた。けれども、思えば異常なことだった。いつも心が平穏で、少しの波音も立てずにいられる人間など、ふつうこの世の中にいるものではない。

「あのね、京子さん」真昼は言った。「実はまず、京子さんに見ていただきたいものがあるの」

「あら、何かしら」

真昼はバッグから、手紙のコピーを取りだした。全部ではない。差し障《さわ》りないと思われる部分だけをコピーしてきた。

「これなんだけど」

テーブルの上に差しだされた紙に、京子が目を落とす。その間も、真昼は耳を欹《そばだ》てながら、京子の顔ばかり見つめていた。

波立ちも揺らぎも何もない顔だった。ただ紙の上に、ぽとりと視線を落として文字を追っている。心も凪《な》いだままで、さわさわ草が風にそよぐような音すら、真昼の耳には届いてこない。

「京子さんの文字に似ているという気がして」沈黙に堪《た》えかねたように真昼は言った。

「というよりも、正直いって京子さんの筆跡そのものじゃないかと、私には思えたもので」

「知らないわ。私の字じゃない」——、京子がそう言うのではないかと予想していた。真昼がいくら似ているといったところで、専門の機関に筆跡鑑定にだした訳ではないのだから、とぼけようと思えばいくらだってとぼけられる。

が、案に反して京子は言った。

「そうね。これ、私の筆跡だわ。私が書いた手紙」

「京子さん」

真昼の目が、思わず大きく見開かれていた。

その真昼の顔を見て、京子が笑った。頰《ほお》や瞳に、笑みが光となって躍っている。愛くるしいような、まったく邪心の感じられない笑顔だった。

「やだ、真昼ちゃんたらびっくりしたような顔をして」京子が言った。「そう確信したから、私のこと、呼びだしたんでしょ?」

「そうです。そうですけど……」

「まさか私が、すぐに認めるとは思わなかった?」京子はまたくすぐったそうに笑った。

「そう……この手紙、もはや真昼ちゃんの手にまで渡っていたの」

「京子さん、どうしてこんな手紙を桑野さんにおだしになったんですか?」

「だって、事実だから」京子は運ばれてきたカプチーノに、スプーン半分の砂糖を入れて掻き混ぜながら言った。「事実だから桑野さんに伝えようと思ったの」

「京子さん、留美さんとおつき合いがあったんですか？　それとも省吾……潮見さんから、そういうお話をお聞きになったことがあったんですか？」

ううん、と京子はあっさりと首を横に振った。

「ううん、て。なのにどうして――」

「事実を知り得たのか。事実だと言いきれるのか。真昼ちゃんはそう訊《き》きたい訳よね」

「はい」真昼は真面目《まじめ》な面持ちをして頷いた。

「あなたと同じようなことよ」

「え？」

「真昼ちゃんは人の心の音まで聞こえる耳を持っている。それと似たようなこと」

言葉がでなかった。真昼は瞬《まばた》きすることも忘れて、目の前の京子の顔を凝視していた。

同類――、昨日、自分の耳に不意に響いた言葉が思い出されていた。

「真昼ちゃんだけじゃないわよね。潮見さんも真昼ちゃんと同じ耳を持っている。恐ろしい偶然というべきか運命というべきか、そんな二人がこの広い世の中で出逢ったんですものねえ」

「京子さん。京子さんも同じなんですか？　私や潮見さんと同じ耳を持っているんですか？」

京子は柔らかな頬笑《ほほえ》みを浮かべた顔を、わずかに横に動かした。

「じゃあ……」

「あなたたちとは少し違う。私は音で感じとる訳ではないわ。いわば目ね」

「目？」

「見えるの、映像が。相手の頭の中の映像がね」

ぞっと全身に鳥肌が立っていた。京子の前に身を置いていることが、一気に苦痛になっていた。頭の中を覗かれている。この女には真昼の頭の中にあることが、映像として見えてしまう。

異常な視覚を持った女。

「やだ、似た者同士じゃない。そんな化け物を見るような目をして見ないでよ」

京子が珍しく声を立てて笑った。実に楽しげな笑いだった。いやな笑い声でもなかった。耳に心地よく響く声だ。それだけに、かえって真昼は恐ろしかった。

「見えたからってどうして……」そう言った真昼の顔は、自然と半べそを掻いたような顔になっていた。

「見えたものがすごい内容だったんですもの。黙ってはいられなかったのよ」京子はカプチーノを啜《すす》った。「警察に言ったところで相手にされない。あれこれ詮索《せんさく》されるのもいやだわ。だからご家族に報せるのが一番かな、と思って。だって真昼ちゃん、潮見さんは人を殺しているのよ」

また鳥肌が立っていた。真昼ちゃん、あなたも人を殺しているわね、と暗に京子に言われたような気がした。鳥肌を追いかけるようにして、皮膚に冷や汗が滲んだ。

「京子さん、おかしい」ひとりでに声が震えていた。

「おかしいって何が？」とぼけたような顔で京子が言う。

「京子さん、何もかもわかっていて、私と潮見さんを引き合わせた……」

俯きながら、うふふ、と京子が笑いを漏らす。

「偶然にも双子のような二人を知ってしまったんですもの。会わせてみずにはいられなかったのよ」

「潮見さんのしたことは悪いことだと思います。本来償《つぐな》うべきことだと思います。でも、京子さんさえ黙って何もしないでいてくれたら――」

「潮見さんの生活も、あなたと潮見さんの幸せも、みんな守れたはずなのにってこと？」

真昼は陰気に頷いた。京子には、省吾と男と女としてつき合っていることまでは、まだ話していなかった。けれども、当然彼女は知っている。もはや何を隠したところで無駄だった。

「私には、京子さんがわざと混乱を招こうとしているみたいに思える」

「そうなのかもしれないわね」

「それでいて京子さんの心からは、何も音が聞こえてこない。どうしてなんですか？」

さあ、と京子は首を傾げた。その顔に、少しも表情の変化は見られなかった。

「それは真昼ちゃんが考えてみてよ」

「これからどうなさるつもりなんですか？　京子さん、次は何をしようと考えているんですか？」

「何も」あっさりとした口調で京子は言った。「べつに今のところは何も考えていないわ。真昼ちゃんの秘密を誰かに話すつもりもないし」

血の気が退いた。追い詰められているのは、何も省吾一人ではなかった。真昼もまた、同じ危険な状況下に置かれていた。違うのは、京子がすでに何かしらの行動をとったかとらなかったかだけだ。

「京子さん――」

「怖い顔」真昼の顔をじっと見つめて京子が言った。「真昼ちゃん、すごく怖い顔してる。でもね、私だって同じなのよ。好きでこういうふうに生まれてきた訳じゃない。あのね、真昼ちゃん。私を憎むということは、自分を憎むということよ」

そうかもしれない。けれども真昼は、京子という存在が疎ましかったし憎かった。その気持ちを抑えることができなかった。ざわざわ不穏な音が聞こえてくる。ぎしぎしと、軋むようないやな音も混じっていた。

あまりに不快な音に、真昼は思わず顔を歪《ゆが》めていた。それは真昼自身の心から、耳に聞こえてきた音だった。

第七章　人形たち

1

同じ部屋の中に省吾がいた。ほんの少しからだをずらして手をのばせば、すぐに触れるほどの距離だった。

けれども、真昼は省吾の存在を忘れていた。心は彼を離れ、違う方向を向いていた。宇佐美京子――。

不遜《ふそん》だった。

真昼はそれを痛感していた。ある意味で人より優れた能力を持っているのは自分だけだと思ってきた。しかし、真昼がそれを他人に対して口にしなかったのと同じように、その実真昼の周囲には、特殊な人間たちが散在しているのかもしれなかった。しかもなかには真昼のように音によって人の行動や心を感じるなどという曖昧《あいまい》な能力ではなく、相手の頭の中にあることが、映像としてはっきり見えてしまう人間もいる。京子だ。ああなると、もはやエスパーの域といっていいのかもしれなかった。

異常に鋭い聴覚。真昼はそれを、自分の血に起因する能力だと思い続けてきた。今でも半分以上はそうだと思っている。が、反面、これは進化なのかもしれなかった。現代人よりも鋭い目、耳、勘……かつては人が持っていた能力を、ここにきてとり戻しはじめた人間たちが生まれてきている。

だが、悠長にそんなことを考えている場合ではなかった。真昼の何もかもを、その手に握っている女がいる。省吾との出逢《であ》いもまた、彼女によって仕組まれたものといってよかった。

宇佐美京子――、彼女の心からは、どんな音も聞こえてこない。それは真昼自身、意識すれば自分の心や意識に蓋《ふた》ができるのと同じように、京子も自らの心に蓋をすることができるからだろうか。

違う。

真昼は思う。京子の心からどんな音も聞こえてこないのは、彼女に人としての心がないからに違いない。

京子は映像として人の頭の中が見えるという、常人にはない能力を授かった。その替わりに、神に心を奪われたのだ。いや、悪魔にかもしれない。

真昼も村上光恵に対しては、ある種の憎しみを持っていた。彼女に一瞬の殺意を抱いたことも事実だ。それゆえ彼女を死なせるようなこともしてしまった。もっと正直に、殺してしまった、といわなくてはならないだろうか。だが、省吾が留美を殺してしまったのと同じように、根のない感情だった。すなわち、あの時神経の歯車は狂わされていたのだ。

非難を覚悟でいうならば、心神耗弱の状態に陥っていたということになる。だからこそ、これまで真昼は幸いに、誰かを強く憎むということなく過ごしてくることができたと思っている。人を憎むよりは、自らを疎《うと》ましく思い、自分に与えられた奇妙な力と血を憎んできた。人は殺してしまったかもしれなくても、自分の心のいやな雑音を耳にしないで済むことが、真昼が自分自身を信じられた一番の理由だったかもしれない。

だが、ここにきて真昼は自らの心の雑音を聞いた。いやな音だった。雑音が生じた原因ははっきりしていた。人間に、強い憎しみを覚えたからにほかならない。京子という存在が、どうしようもないぐらいに憎かった。また、自分の心に軋《きし》むような雑音を生じさせたということでも、真昼は彼女のことを重ねて憎んだ。京子によって聞きたくない音を聞かされた。少し違った種類の二重の雑音が、今も真昼の心で不協和音のように響いている。その音に、真昼本人が苦しんでいた。その音を耳にしていると、自分に対する最後の拠《よ》りどころといってもいい信頼が、崩れ落ちていくような気持ちがした。

「真昼」

省吾の声でわれに返った。真昼は慌てて意識を宥《なだ》め、省吾の方に顔を向けた。

省吾の顔が曇っていた。誤魔化《ごまか》すように頬笑《ほほえ》んでから、真昼もすぐに顔を曇らせた。省吾に、心の音を聞かれたと思った。

不協和音。世にも耳障りな心の音。

「何を考えていた?」省吾が問う。

すぐに答えることができなかった。京子のことはいずれ省吾にも話さねばならないとわかっている。けれども、自分自身が混乱したまま、無駄に彼の心をざわつかせたくなかった。どうしたらいいのか、真昼が先にある程度の答えを見つけてから、省吾に話をしたいという思いがあった。

「省吾さん、今、何を聞いたの?」

質問に質問で返すのは卑怯《ひきょう》だ。わかっていても、真昼は省吾に問わずにいられなかった。省吾も自分と同じように、人並みはずれて鋭い聴覚を持っていることは承知している。だが、それがどの程度のものか、思えば真昼もまだ正確には把握していなかった。訊《き》いてしまってから、心に悪寒が走った。省吾もまた、心の雑音を聞き分けることができるのではないか。心の声を聞くことができるのではないか。実はそこまでの聴覚を有しているのではあるまいか。

「あなたは……どこまでわかるの?」真昼は言った。恐れるような声になっていた。「どこまで心の音を聞くことができるの?」

困惑したように眉《まゆ》を寄せながらも、やがて省吾は顔を上げて真昼を見た。翳《かげ》りない表情を繕《つくろ》って彼が言う。

「君と同じように、心の雑音は聞くことができる」

「さっき、私の心から雑音がした?」

省吾が小さく頷《うなず》いた。

「それがどんなものだったか、あなたにはわかったのね?」

省吾は否定しようとするように、顔をわずかに横に動かした。明確な意思が感じられない、中途半端な動作だった。

「わかるんだ。省吾さん、わかるんだ。それがどんな感情から生まれているか、音を聞き分けることができるんだ」

「真昼——」

「そうなんでしょ?」

「だけど、それをいったら君だって同じじゃないか」

重たい沈黙が二人の上にのしかかった。負に傾いた心が奏でる、最も醜い音を互いに聞き合うことができる。それが恋人たちにとっては、絶望的なことを意味しているように、真昼には感じられていた。

「君はさっき、誰かを強烈に憎んでいた。心配なんだ。真昼、君にも何事かが起きているんじゃないのかって」

真昼は項垂《うなだ》れた。何でも話し合って、二人で乗り越えていきましょう——、いつだったか真昼は、彼にそんなことを言った覚えがある。それはまだ本当には自分の身の上に、何事も起きていないからこそ口にできた余裕の言葉だった。どちらかというと聴覚においては、自分の方が彼より優位にあって、心が醸《かも》す音の種類を聞き分けるのは、自分の特異な能力だと思い込んでもいた。だが、そうではなかった。省吾も音で気持ちの種類を聞き分けられる。ひょっとすると彼の聴覚は、真昼が考えている以上のものかもしれなかった。京子が人の頭の中にあることを、映像としてつぶさに見ることができるように、彼が人の心の声や感情を、言葉として耳にすることができないとは言いきれない。

不遜だった。

もう一度、真昼は思った。

省吾に向けた目が、ひとりでに昏《くら》さを宿して沈んでいくのがわかった。胸が締めつけられるような思いになって、涙が瞳《ひとみ》に滲《にじ》んでくる。

思ってはいけない。何も考えてはいけない。そう自分に言い聞かせているのに、頭は勝手に思いを追い、心は勝手に呟《つぶや》きを漏らす。

真昼は、今、自分の目の前にいる省吾という男の存在を、心のどこかで鬱陶《うっとう》しく思っていた。そこには、いったい彼がどこまで心の声を聞くことができるのかという恐れに近い感情も混じっていた。悪い意味での秘密が持てない。心を隈《くま》なく覗《のぞ》き込まれてしまう。省吾が秘めている能力が、手にとるように明らかに目には見えないがゆえに、考えれば考えるほどそれが底のないものに思われてきて、からだに震えが走りそうだった。

私だって同じなのよ。好きでこういうふうに生まれてきた訳じゃない。あのね、真昼ちゃん。私を憎むということは、自分を憎むということよ——。

京子の言葉が、耳の底に甦《よみがえ》っていた。その言葉の意味が、真昼にははじめて実感としてわかったような気がしていた。

真昼はどこまで自分の心を覗き込めるのか、どこまで心の声を聞くことができるのか——、それを省吾も探っている。いやでも考えてしまう。だからそのことに思い至った時、彼は一緒に夕飯をとることも放棄して、一人で五階の部屋に戻ってしまったのだ。あの時省吾は真昼が今、彼に対して感じているのと同じように、真昼のことを鬱陶しく思い、また恐ろしく思い、心のどこかで憎んだことだろう。たとえ相手が愛する男であろうと女であろうと、心を覗き込まれるということは、人にとっては堪《た》えがたい苦痛になる種類のことだった。

「真昼。君は何でも話し合って、二人で乗り越えていこうといった。僕も、僕らだったらそれができると思う」

省吾が言った。だが、真昼は顔を歪《ゆが》めながら、ほとんど反射的に首を横に振っていた。

「今日は一人にして。一人で考えたいの」

省吾が黙って真昼を見る。ややしばらくあってから、彼は深く頷いた。

「落ち着いたら、君の心にあるものを、僕にちゃんと話してくれるよね？」

省吾の言葉に、真昼も深く頷いた。が、省吾が部屋から消えてしまうと、それまでせきとめていた思いが一気に噴出するみたいに、心は続けざまに言葉を吐きだしていた。

わかっているんじゃないの？

私が何も言わなくたって、あなたはすべてわかっているんじゃないの？

私が京子さんを憎んでいること、あなたのことを鬱陶しく思ったこと……私があなたの心の音を聞く以上に、あなたははっきり私の心の言葉を耳にしているんじゃないの？

ねえ、省吾さん、あなたはどこまで聞くことができるのよ？

正直に私に話して――。


宇佐美京子と潮見省吾。

これまで一番自分の身近にあって信頼できる人間のはずだった二人が、一挙に脅威と化していた。

(化け物……)

思わず真昼は心の中で呟いていた。

あのね、真昼ちゃん。私を憎むということは、自分を憎むということよ――。

再び京子の言葉が、真昼の耳に甦っていた。

ソウヨ、化ケ物ハアナタ。吉川真昼。

2

弟の聖人から、久し振りに真昼のところに電話があった。受話器の向こうから、こんなこと、姉貴にしか話せないよ、という、どこか深刻な聖人の声が聞こえてきていた。ついつい神経のアンテナを立て、聖人の心の音に耳を澄ませる。

雑木林の葉擦《はず》れに似た音がした。渡る風に、雑木が高い梢《こずえ》の葉を揺らして触れ合わせる音だ。胸騒ぎの気配。電話線を通して感染するように、真昼の心も一緒に震えた。

「どうしたの？ ちゃんと話して」

「夢を……覗かれているような気がするんだ」

「え？」

聖人も真昼と同じく、いまだに悪夢を見続けている。繰り返し見るその悪夢の質が、ここにきて少しばかり変わってきたのだという。

「悪夢の中に、色の白い、きれいな女がでてくるようになったんだよ。俺が追い詰められて苦しみながら逃げているのを、その女は、実に穏やかな顔をして見ているんだよね」

いやな予感がした。

どんな人、と真昼は尋ねた。「もっと詳しく描写して」

「髪は、肩ぐらいかな。いや、もうちょっと短いかもしれない。顔もからだもほっそりとした、すらりとした女の人だよ。姉貴と同じぐらいの歳《とし》かな。……あっちの方が少し上かもしれない。目はぱっちり、というのとは違っている。すっきりとした顔だちの女。俺が苦しんでいるのに、涼しい顔をして見てるんだ。だから俺はなおのこと息苦しくて——」

聞いていて、背筋に悪寒が走った。京子に間違いないと思った。

「時々頭の中に囁《ささや》く声が聞こえるような気がするんだ。俺、それがあの女の声じゃないかって気がして。どうして最近、いつもいつもでてくるのか……気持ちが悪くてしょうがないんだ。あなたの罪は私が知っています。だから苦しみなさいって顔なんだよな。まるで法の番人みたいな顔をしてさ」

声……声……頭の中の声。

真昼は自分の顔から血の気が退《ひ》いていくのを覚えていた。

真昼にも、自分以外に誰か頭の中で囁く女がいるのは感じていた。ずっと悪夢の中の女、村上光恵に通じる女だと思ってきた。だが、ひょっとするとあの声の主は、京子ではなかったか。

「誰かに話さないと、俺、気が変になりそうで。姉貴、俺、ひとつわかったことがあるよ」

「何?」いくらか脅《おび》えを含んだ声で真昼は言った。

「悪魔ってさ、おっかない顔している訳じゃないんだな。白くてきれいな顔してるんだ。夢の中とはいえ、人が本当に苦しんでいるのをおっとり顔色変えずに眺めていられるんだぜ。あれは悪魔だよ。俺、あの女だけには出逢いたくない」

電話を切った後、真昼は一心に考えていた。京子は聖人の夢にまではいり込んで、いったい何を目論《もくろ》んでいるのか。

答えはでない。

ただひとつ、聖人同様、真昼にもはっきりわかったことがある。聖人が言っていたように、悪魔というのは決して恐ろしい顔をしている訳ではなく、思いがけずきれいな顔をしているものかもしれないということだ。また、悪魔はべつに本物の化け物という訳でもない。ただ、悪魔には人の心がない。すなわち、人の心をまったく持たない人間を、悪魔というのに違いなかった。しかもその人間は並みはずれた力を有している。それがどうしようもなく厄介な点だった。

この前銀座で会った時、京子はべつに何もするつもりはないと言った。何も考えていないと。それもあてにはならなかった。すでに聖人の夢にまではいり込んでいる京子だ。真昼に対しても、この先何をしてくるか、もはやわかったものではない。

いったいどうしたらいいのか、いくら考えてみたところで、真昼にはもう、まるで答えが見つけられなかった。こうなった以上はすべてを省吾に話して、彼とともに京子への対処の仕方を考えていくしかないと決心した。

夜遅くになって、省吾が帰宅したのが、階上の音でわかった。真昼は部屋をでて、省吾の部屋を訪ねた。

呼び鈴を押すとドアが開いた。薄い暗がりの中から省吾が顔を覗かせる。しばしの間、無言のままで見つめ合う。

「話したいことがあるの」

ややあってから、ぽつりと真昼が言った。

省吾は省吾で、桑野の問題を抱えたままだ。顔に憔悴《しょうすい》の色が見受けられた。だが、彼も真昼を待っていたかのように、部屋の中に招じ入れた。

部屋は照明を落とし、スタンドの小さな電球だけが隅の方で灯《とも》って闇《やみ》が全体を包んでしまうのを阻んでいた。その薄暗い部屋の中で、真昼は省吾に京子のことを話した。ぼんやりとみかん色の明かりに照らされただけの省吾の顔だ。が、覚束《おぼつか》ない光の中でも、徐々に彼の顔色が青ざめていくのが見てとれた。心からも、だんだんにざわめく音が聞こえはじめていた。

その音を耳にするうちに、真昼の心も共鳴するようにざわめいてきた。真昼自身、徐々に気持ちも頭も混乱して、どう筋道立てて話していいかもわからなくなった。そのために、途中から脈絡のないたどたどしい話しぶりになってしまって、自分でもいうべきことを的確な言葉で伝えられたかどうか自信が持てなかった。それでも何とかひと通りの話をし終わった時、ひとつの大仕事を終えた後のような疲れが、真昼のからだをどっぷり浸していた。だが、本当の大仕事は、たぶんこれからなのだ。最後に、真昼は京子の手紙のコピーを省吾に渡した。

省吾はしばらくの間、黙って手紙に目を落としていたが、読み進めるに従って、彼の顔色は明らかに濁っていき、表情もまたひきつっていった。

「君の弟が言う通りだ。あの女は……宇佐美京子は悪魔だ」

やがて省吾が、苦りきった面持《おもも》ちのまま、咽喉《のど》の奥から絞りだすような声で言った。言った直後、省吾の心から凄《すさ》まじい轟音《ごうおん》が鳴り響いてきた。京子に対する強烈きわまりない怒りと憎悪が、彼の心の中で渦巻いているのがわかった。しかも彼は、もうそれを隠そうともしていない。意識や心に蓋をすることすら放擲《ほうてき》してしまっていた。

「彼女には、いったいどれだけの力があるんだ」

省吾の声は絶望の色を呈していた。続いて彼の心がみしみし軋みだす。みしみし軋みながら、ゴーゴーいう風音のような雑音と共鳴し合って、大きな音に膨らんでいく。彼の中の京子に対する憎悪が、殺意に育っていくのが真昼にはわかった。

「すべては面白半分だ。僕と君を引き合わせたことも、桑野に手紙を送りつけたことも、みんな彼女は面白半分にやっている。ぼくらはコマだよ。ゲームのコマ。どうなろうが彼女は知ったことじゃない。ただ眺めているのが面白いだけなんだ。お蔭《かげ》で僕は桑野に張りつかれて、会社の仕事にも支障をきたしはじめている。このままじゃ、本当に犯罪者として刑務所に入れられるか、研究員の職も捨てて惨めな逃亡者となるか、どちらかだ。最悪だよ。その僕の最悪さえもが、彼女には楽しいゲームなんだ」

「どうしたらいい?」真昼は言った。「どうにかしようにも、京子さんの能力は測り知れない。私たちよりも数段上の尋常でない力があることは確かだわ」

「どうしたらいいんだ……」

沈黙が流れた。空気が鉛を含んだような重たい沈黙だった。

沈黙の終わりに、真昼の耳には、省吾の心の声が聞こえていた。

アノ女ヲ殺スシカナイ。

消エテモラウシカナイ。

時をほぼ同じくして、真昼も心で呟いていた。

アノ人ガイタラ、私タチハ一生脅エテ暮ラスシカナイ。

キットイツカ、アノ人ニ破滅サセラレル。

殺スシカナイ。

自分の思いとぴったり重なる相手の心の言葉だけに、省吾のその声は、はっきり真昼の耳に聞こえてきた。省吾の耳にも、真昼の心の声は、はっきり聞こえていたと思う。ことによると省吾と真昼は、ほかの人間たちに比べて心の回路が通じやすいところがあるのかもしれない。耳の回路というべきだろうか。何度か顔を合わせ、ともに時を過ごし、からだを重ね合わせることで、省吾と真昼の回路は、当初よりもなおいっそう通じ合いやすくなってきている。二人には、互いの心の声がよく聞こえる。だから真昼には、たった今、間違いなく互いに心の声を耳にし合ったという実感と確信が持てた。

真昼は、誰の心の声でも耳を澄ませさえしたら、常に聞くことができるという訳ではない。強い思いほど言葉として耳に届いてきやすいことは事実だが、相対的にみれば、言葉として聞こえてこない音がほとんどだ。

省吾も同じなのかもしれなかった。だからこそ、二人はついつい疑心暗鬼になる。相手には、いったいどこまで聞こえているのか。自分よりもっと多くを聞いているのではないか。何もかも聞こえているのではないか——。

が、今は、確かに互いの心の声を聞き合った。それを確認し合うように、省吾と真昼は少しの間、黙って見つめ合っていた。

「どうやって？」

先に口を開いたのは真昼だった。自然と切羽詰《せっぱつ》まったような苦しげな表情が顔を覆っていた。

京子はこちらの意識にはいってくることができる。京子を殺そうと考えれば、彼女は即座にそれを悟るだろう。簡単に彼女を殺すことはできない。

「わからない」省吾は言った。「でも、殺すしかない」

「私たち、また罪を重ねるのね。だけど、京子さんを殺しても、桑野さんが残る。省吾さん、桑野さんのことはどうするつもり？」

「……殺すしかない」

真昼は天を仰ぎたいような気分だった。自分たちがずっと恐れていた罪人としての血が、ここで明らかなかたちで顕在化しようとしている。遠い自分たちの祖先も、何らかの理由で追い詰められ、わが身を守るために致し方なく、誰かを手にかけたのかもしれなかった。遺伝子に、その記憶と因縁を持って生まれた自分たちが、血筋の歴史と罪業を、ここで新たに繰り返そうとしている。

「無理よ。相手が京子さんでは、きっとうまくいかない」

真昼の脳裏には、「シャロン」で表情ひとつ変えずにカプチーノを飲んでいた京子の静まりかえった面持ちが浮かんでいた。その顔を思い出しただけでも、彼女に敵《かな》うはずがないという思いが頭の上からすっぽり覆いかぶさってくる。

「真昼、僕たちは遊ばれていたんだよ。君と出逢えたことは嬉《うれ》しい。でも、それすら彼女に仕組まれた出逢いだったんだ。何も知らずに、僕らがそれを運命の出逢いのように思っていることを、彼女ははたから眺めてせせら笑っていたんだ。同じ人間に対してそんなことをすることが、果して許されるんだろうか。僕にはとてもじゃないが許せない。刺し違えることになっても、僕は彼女を許さない」

感情を抑えようと努めながらも、省吾の声は冷ややかに波立っていた。真昼は結局省吾のことを、重ねて罪を犯させる方向に導いてしまったのかもしれなかった。しかし、これが省吾と真昼の二人に共通の問題である以上、真昼も黙って見ている訳にはいかない。手をこまねいている訳にもいかない。このままでは、村上光恵の一件で、いつか真昼も京子に大変な悪戯《いたずら》をしかけられないとも限らない。京子がいわゆる愉快犯であればなおさらだ。聖人もまた、完全に無事とは言いきれないかもしれないと思うと、真昼の心は不安に震えた。

真昼は思わず額に手を当てた。手を当てたままで呟いた。

「私たち、幸せになれるのかしら……」

「なれるさ」

思いがけず力強い省吾の言葉に顔を上げて彼を見る。瞳に心の揺らぎを宿した真昼に向かって、省吾はしっかりと頷いてみせた。

「僕らにもう隠しごとはない。宇佐美京子という共通の敵を持っている。僕らは本当の同志になったんだよ。生き残っていくために、僕たちの出逢いを仕組まれたものから本当のものにするためにも、ここは一緒に闘うしかないんだ。それで僕らは幸せになるんだよ」

本当に省吾と二人幸せになれるのならば、自分も罪を重ねてもいいと真昼は瞬間的に決意していた。それももはや厭《いと》わない。

でも、どうやって——。

その疑問の言葉ばかりが、真昼の頭の中で繰り返されていた。

3

宇佐美京子を抹殺する。

桑野亮治を抹殺する。

きわめて不穏当な決定だった。が、省吾と真昼、二人の意志は、そこに決着をみたはずだった。とはいえ、いかにしたら自分たちが疑われることなく、それをやり遂げることができるのか。京子に悟られることなく彼女を葬り去れるのか。その結論が依然としてでないままだった。

二人はそれぞれに方法を模索し続けている。そうしている間にも、知らないうちに京子に意識の中にはいり込まれているようで、気持ちの悪さと脅えが拭《ぬぐ》えない。一度は彼女の目の前にさえいなければ、頭の中を覗き込まれることはないのではないかとも考えてみた。離れとなると、聖人の夢にでてきたというのは、いったいどういうことになるのだろう。離れていても、きっと京子は人の意識の中にはいり込むことができるのだ。

ただし聖人の夢に姿を現したというのは、京子の警告だと真昼は解釈した。京子は聖人に対しては、恐らく何もするつもりがない。そもそも、聖人は現実には何も罪を犯していないはずだ。聖人が自分の身にさし迫った危機感を覚えるほどには、京子も彼を追い込み、弄《もてあそ》ぶことはできないのではないか。したがってそれは、真昼に対する警告。私は離れていても、誰の意識にだってはいり込むことができるのよ、という京子の無言のメッセージ。私を甘く見ないでね、という婉曲《えんきょく》な恫喝《どうかつ》。

(本当に、私たち、どうしたらいいの)

朝、目覚めても、暗く沈んだ気持ちで一日をスタートさせなければならない。カーテンを開ける。外は晴れていた。けれども空に白い霞《かすみ》が見えていて、背後に雲が迫っていることが窺《うかが》われた。いっときに比べると、水も空気も明らかにぬるんできている。梅の花は、はや満開を過ぎた。春だ。じきに菜の花も咲きはじめることだろう。それだけに、一日のうちでも空模様は忙しげに顔色を変える。晴れていた空があっという間に鈍く曇りだし、やがてぽつりぽつりと雨粒を落としだすと、真昼の心もいっぺんに穴底に落ちるような気持ちがした。

仕事もそろそろパンクという状態だった。意識を集中させて取り組まねば、どうにもならないところまできてしまっている。五十枚の原稿を翌週水曜日までに上げなくてはならない。なのにまったく手つかずの状態だった。

(真昼、いったいどうするつもりなのよ。このままじゃ、みんな駄目になっちゃうじゃないの)

落ち込んでいる暇はない。すぐにも仕事にとりかかることだ。考えるのは仕事を済ませた後だ。

わかっているのに、それができない。真昼は大きく息をつき、コーヒーを淹《い》れにキッチンに立った。湯を沸かしている間、ドアの郵便受けからとっただけで、テーブルの上に置き去りにされていた新聞を開く。

真剣に記事を眺める意欲も失っていた。ただ義務のようにぱらぱらとめくっていき、ところどころ関心をもった記事にざっと目を通す。近頃では、斜め読みどころか、飛ばし読みの最たるものになっていた。

帰国中の男性が転落死――。

帰国中という文字と、村上光恵の一件を彷彿《ほうふつ》させる転落死の文字に意識が惹《ひ》きつけられて、真昼は思わず目をとめていた。

死亡したのは、桑野亮治さん（三〇）と判明――、その文字に、再び真昼の目がとまる。

真昼の指の振動が伝わって、新聞が細かに震えていた。

桑野は、長期宿泊中の新宿のビジネスホテルの屋上から転落したものと見られているという。状況から見て、事故、あるいは自殺という線が強いが、一応他殺の可能性も含めて、目下捜査中との言葉で、小さな記事は締め括《くく》られていた。

（死んだ？　桑野が死んだ？）

桑野が自殺する道理がなかった。となれば事故か他殺。あのからだを見ている分には、何事かが起きたにしても、フェンスのある屋上から、うっかり下に転落してしまうとは思いがたい。となれば他殺。誰が――。

（まさか……まさか）

もう一度記事を見直した。死亡したのは今日の深夜零時過ぎとある。

昨日、省吾はマンションに帰宅しなかった。研究所で朝方近くまで仕事をした後、寮に戻って昼前まで仮眠をとると真昼に話していた。省吾は、本当に研究室にいたのか。寮に戻って仮眠をとったのか。

（省吾さん、あなたもしかして本当に桑野を殺してしまったの？）

心の中で問いかける。だとすれば、はなはだ短慮といわねばならなかった。同じ殺人という罪を犯すならば、先に殺すべきは宇佐美京子だ。それとも省吾は、どうしても桑野との決着を先につけねばならないほどに、彼に追い込まれていたのだろうか。

いきなりピーピーという、湯が沸騰したことを告げるヤカンの音が、大音響のように真昼の耳に飛び込んできた。びくりとして一瞬汗を噴き出させた後、慌ててガスレンジのスイッチをオフにする。いつもは鳴りはじめる前に気配で気づいて止めにいく。あまりのことに耳の神経まで、完全に記事にとられてお留守になっていたようだった。

真昼の脳裏に、頬骨《ほおぼね》の張った桑野の酷薄そうな顔が甦っていた。目もくすんだ土色をしていて、温かみが窺えない。だが、それは妹の留美を思ってのことだった。留美を殺した相手を憎むあまりに、彼はあんな顔つき、目つきをしていたのだ。

桑野が手紙のコピーを持って、真昼の部屋を訪ねてきた時のことを思い出した。彼は部屋の鍵《かぎ》を開けろと迫ることはなかった。また、警告文をメールボックスに入れたことにしても、真昼のことを思ってのことだと言っていた。桑野の言葉が耳に甦る。妹の仇《かたき》さえとれればいいと考えている人でなしじゃない。あんたがあの男の次の犠牲者になっちゃいけない――。

いまさらいうのもおかしなものかもしれない。だが、桑野は決して悪人という訳ではなかったような気がしてきていた。肉親が殺されたとなれば、誰しも少しはおかしくなるし、殺したと思われる相手に対しては、どうしたって凶暴な一面だってでてくることだろう。

桑野が、省吾にとって、そして真昼にとっても、厄介きわまりない存在であったことは間違いない。しかし、彼は本来死ぬべき運命にはなかった。京子の手紙が大きい。桑野の心を大きく波立たせて、憎しみを一心に省吾に向かわせたのは、京子の手紙であり、それを意図して書かれた文面だ。

記事を目にしてしまったがゆえになおのこと、とても仕事のできる状態ではなくなってしまっていた。コーヒーを飲んで頭を活性化させようという気持ちも、いつの間にか失われてしまっていた。

これで省吾は多少なりとも安全圏に逃げ込めたのか。それとも、余計に傷を深くしてしまったのか。

もしもこれで捕まれば、理由はどうあれ、省吾は連続殺人犯だ。そう簡単には、刑務所から外にでてこられない。だいたい省吾が桑野を殺したことは、京子が承知しているだろう。次に京子が何をしようと考えるか……それを思っただけで震えがくる。だから順番が逆だというのだ。殺すのならば、京子を先にするべきだった。

電話が鳴った。

その音に、真昼は反射的にびくっと背筋をのばしていた。次の瞬間、顔を思い切り曇らせて電話に歩み寄る。まだ心臓がどきどき走っていた。

受話器をとった。相手の声が聞こえる前に、ざわついたいやな音が聞こえてきた。かけてきた側の人間の心が大きく動揺してざわめいていることが、ありありと伝わってくる音だった。

「真昼」

受話器から聞こえてきた声に、真昼の唇から息が漏れた。省吾だった。

「新聞、見たか？　桑野が——」

「私もたった今知ったところよ」

「どういうことなんだ？」

「え？」

「どうしてあいつは死んだんだ？」

「それじゃ省吾さん、あなたが殺したんじゃないのね？」

「もちろん。僕はひょっとして君が、と思って」

「無理よ」即座に真昼は言っていた。「私があんなからだの大きな人を。とてもじゃないけど、私には無理よ」

デモ、以前ニ君ハ女ヲベランダカラ転落死サセテイル。

受話器を通して、省吾の心の声が聞こえてきていた。

タイミングサエ見計ラッタラ、相手ヲ突キ落トスコトハ、君ニモマッタク不可能ナコトジャナイ。

「私は殺してない！」

真昼は大きな声をだしていた。滅多《めった》にないことだった。

真昼の心が勝手に囁く。

省吾サン、本当ハアナタガ殺シタンジャナイノ？

ダッテ桑野ハ、アナタニトッテ厄介ナ男。

殺シタコトヲ私ニ悟ラレマイトシテ、ワザトソンナコトヲ言ッテイルンジャナイノ？

「僕はやってない！」

受話器の向こうから、いくぶん声を荒らげた省吾の言葉が飛んできた。

お互いに、余計な心の声まで聞き合えるところまできてしまっていた。そのことで、無駄に混乱を深めていく。もうこれ以上の混乱は堪《たま》らない。神経が保てない。疲れたように真昼は言った。

「私は、省吾さんが殺したなんて思っていないわ」

「僕だって、一応確認してみただけの話だよ。まさか君がやっただなんて思っちゃいない」

けれども、互いの言葉はどうしても上滑りする。

ダケド本当ハ、君ハ僕ヲ疑ッテイルンダロウ？

アナタ、マサカ私ニ罪ヲナスリツケヨウトイウンジャナイデショウネ。

一緒に幸せになろう——、ついこの間も、そう言い合ったばかりだった。そのために、二人して罪を重ねることになったとしても、構いはしないと決心したはずだった。その決心が、こうして話をしている間にも、もろくも崩れ落ちていく。

何よりも、互いの心の声が聞こえてしまうことがよくなかった。その能力が、日増しに強くなっていっている。さらによくないのは、好ましくない種類の声ばかりが、耳に明らかに届いてしまうことだった。

どうしてこんなことになってしまったのか……受話器を戻してから、しばらく真昼は項垂れていた。

（駄目よ、こんなんじゃ幸せになれるはずがない）

そして、顔を上げた時にはまた考えていた。

いったい誰が桑野を殺したのか――。

突然に、耳に女の哄笑《こうしょう》が響いてきた。高らかに笑う女の声を、自分は確かに耳にしたと真昼は思った。

4

京子と対決しないことには、どうにもならないところにきていた。事実を承知している人間は京子しかいない。とにかく会って、彼女と話をすることだった。でないと、この先の安定も望めない。安定どころか、このままでは、気が変になってしまいそうだった。

省吾と真昼は、二人で京子のことを呼びだした。京子はためらいなくその呼びだしに応じた。ただし、場所は自分の方で指定したいと言った。

「新宿、プライムホテルのティーラウンジで」

京子が指定した新宿のホテルのティーラウンジで、彼女のことを待ち受ける。京子は京子で、衆人環視である方が、自分にとっては安心だと考えたのかもしれなかった。

本来なら、省吾と真昼という同じ宿命を背負った恋人たちが、共通の敵である女と立ち向かおうとしている場面であり、お互いを同志として、最も頼りに思える瞬間でもあるはずだった。

それがなかった。

省吾と真昼はそれぞれに、互いを警戒し合っていた。心の音を聞かれてしまうのが怖い。小さなわが身の保身に基づいた、最も醜い心の音を相手に聞かれてしまうのが厭《いと》わしい。それどころか、気を抜けば、心のつまらぬ呟きさえも、相手に確《しか》と聞きとられてしまう。だから京子を待つ間も、省吾と真昼は沈黙していた。意識的に心にしっかり蓋をして、二人黙って京子のことを待ち受けていた。その姿はもはや、恋人同士の図柄ではなくなっていた。

京子が現れた。風に乗ってふわりと舞ってくるような、実に軽やかな足取りだった。

「やだ、どうしたの?」

二人の顔を見て、京子がほんのり頬笑んだ。白い顔に笑みが光の渦を作る。

「疑心暗鬼の図」

言いながら、京子は二人の前の席に腰を下ろした。

「京子さん、桑野さんが亡くなりました。ご存じですよね?」真昼が言った。

「ええ、新聞で読んだわ」

「どういうことなんですか?」

注文をとりにきたボーイにカンパリソーダと告げてから、京子がさもおかしそうにいくらか顔を俯《うつむ》けて笑った。肩が小さく揺れ、茶色の髪も揺れていた。

「あなたたち、お互いにお互いが殺したんじゃないかとか、そんなこと思って気まずくなったりしていたんでしょ？　だから疑心暗鬼の図だって、さっき私は言ったのよ」

やはり見透かされている——、その思いに、省吾の顔も真昼の顔もいっそう陰気に翳る。

「知ってるわ。あなたたちのどちらも桑野さんを殺していないことは。桑野さんを殺した人間はべつにいるのよ。あれは偶然起きた出来事だもの」

渡米する以前、桑野は日本でトラブルを抱えていた。それから逃げる意味合いもあって、兄一家の経営するレストランに身を寄せる恰好《かっこう》で、彼は日本を離れた。そのトラブルが、今回彼が帰国したことで再燃したのだと京子は話す。

「古い話。高校時代のことよ。彼、ものすごいワルだったのよ。顔を見たらわかるわよね。大変な乱暴者で、いろいろ問題を起こしていた。彼のために死んだ子もいたわ。彼を恨んでいる人間は多かったのよ。調理師の専門学校にはいってからは、ずいぶんまともになったけど、それがまた許せないという人間もいた。人を死なせたり不幸にしたりしておきながら、自分だけは料理人として、この先まっとうに世の中を渡っていこうというのか、ということとね。後遺症の残る怪我《けが》を負わせた相手もいたからね、賠償問題も抱えていたの。今回彼はそれらすべてから逃げだす恰好で、兄さん一家のいるアメリカへ渡ったのよ。今回彼を殺したのは、そういう人間のなかの一人よ」

言ってから、京子は省吾と真昼、それぞれの顔を交互に眺めて、にこっと明るく笑ってみせた。

「ね、これで問題解決。何も二人してお互いを疑い合うことはないのよ」

ソノ人間ニ、桑野ガ帰国シテイルコトヲ告ゲ、桑野ガドコニイルカヲ教エタノハ、京子サン、アナタデハナイノカ？

省吾と真昼の心が、息を合わせたように呟いていた。

「あなたは……ひどい人だ」省吾が言った。「あなたの言いたいことはわかっている。僕がそんなことを言えた立場の人間でないっていうんでしょう？　確かにあなたは自分の手はまるで汚していないかもしれない。でも、あなたのしていることは、ある意味では僕らが犯した以上の犯罪だ」

「よしましょうよ、軽々《けいけい》に犯罪なんて物騒な言葉を使うのは。墓穴を掘るわよ」京子は言った。「それから、二人して、私のことを殺そうだなんて考えないでね」

カンパリソーダが運ばれてきた。京子はボーイにありがとうという言葉と笑顔を振り向けた。思わずボーイがにっこりと、笑顔を返さずにはいられないような可憐《かれん》な笑みだった。

「私があなたたちを引き合わせたことはそんなに悪いこと？」京子が言った。「私がそうしなかったら、同じ種類の人間同士でありながら、あなたたちはめぐり逢えなかったかもしれないのよ。仮にめぐり逢ったとしても、お互い本当のことは言わなかったでしょう。そりゃあ、ちょっと悪戯はしたかもしれない。でも、すべて問題なく解決したじゃないの。ねえ、私たち、同じ種類の人間同士なのよ。みんなそれをなかなか口にしようとはしない。自分だけが特別なミュータントだと思ってる。でも、違う。仲間だとわかれば、本当はもっと楽しく生きられるのに。私は、はっきりとしたかたちでそれをあなたたち仲間に伝えたかっただけ」

真昼は黙したまま京子の顔を見た。

銀座の「シャロン」で彼女が口にしたこととは違っている。「シャロン」で真昼が京子に、あなたは混乱を招こうとしているだけではないかと言った時、彼女はそれを否定しなかった。そうかもしれない、とあっさりそれを受け入れた。彼女の真意はどこにあるのか。

省吾も真昼も、必死に京子の心の音に耳を傾けていた。だが、やはり京子の心からは、何も音が聞こえてこない。強いていえば無音の音。京子の中から聞こえてくるのは、いつか省吾と真昼がともに聞きたいと願い合い、はじめてからだを重ねた日に耳にしたと感じた、〝しーん〟という音だった。

「二人で幸せになりなさいよ」京子が言った。「私たち、おかしな力に恵まれてしまった人間同士、楽しく生きていきましょうよ。それができないことはないと思うのよ。私がここまでしなかったら、あなたたちはお互いが同類だということにも気づかずに、何も起こらないままだったのよ。一生すれ違ったきりだったのよ。同類だとわかったんだもの、これからは一緒に生きていけるじゃない」

心から、何も音が聞こえてこない。それだけに、京子の本心が摑《つか》みとれない。京子は、本当に真昼たちに気づかせることが目的で、今度のようなことを仕掛けてきたのか、本気で一緒に楽しくやろうと言っているのか……省吾にも真昼にもまったく読めなかった。彼女の心は、完全な闇だ。ひんやりと湿った手触りが伝わってくるだけで、何も見えない。

「本当に、省吾さんのことも私のことも、もう何かに巻き込むつもりはないんですね?」

真昼の言葉に、京子は声を立てて笑った。

「巻き込むって、何かおかしな言い方」

そう言ってから、笑いをすっと顔の下に引き取って、京子ははじめて真面目《まじめ》な面持ちを見せた。

「あなたたちの身に、何か起きた? 結果的には何も起きていないじゃないの? 同じ力を持ったあなたたち二人は出逢った。力の種類こそ違え、私も同じような人間であることがわかった。こんな人間は自分だけと諦《あきら》めていたのに、そうではなかったということがはっきりした。以前と変わったのはそれだけだわ。私があなたたちに告げたかったのもそのこと。だから、間違っても私を殺そうだなんて考えないでね。いいこと? もう一度言っておくわ。今、あなたたちの身のまわりには何も起きていない、留美さんのことで潮見さんを疑っている人もいなければ、村上光恵さんのことで真昼ちゃんを疑っている人もいない。ノープロブレムということよ。自分で自分を追い詰めるのは馬鹿げているわ」

村上光恵――、その名に真昼の全身に電気が走った。思っていた通り、やはり京子は、そのことも承知していた。

確かに、今現在だけを見てみるならば、真昼にも省吾にも何も起きていない。桑野が消えたことで脅威も去った。が、本当に脅威は去ったといえるのだろうか。真昼には、それが信じられなかった。そもそも一番の脅威は京子本人だ。その彼女が残っている。

「帰るわ。仕事が残っているの」京子がすぃと席から立ち上がった。「後は二人で考えてちょうだいね」

最後にいつものおっとりとしたやさしい笑みを顔に浮かべてみせると、京子は二人をティーラウンジに残し、きたときと同じように、軽やかな足取りで去っていってしまった。なかば茫然《ぼうぜん》となったまま、取り残されたような心地だった。前の席に、残り香のように京子の気配だけがぼんやりと残る。

「ねえ、これで終わったの?」

ややあってから、隣に省吾がいたことをようやく思い出したかのように真昼が言った。

「わからない」省吾が呟く。

いつまでもティーラウンジに二人並んで坐《すわ》っていても仕方のないことだった。立ち上がり、肩を並べて会計に向かう。ホテルをでて、帰る道筋も同じならば、帰る建物も同じだった。そのことが、なぜか今日は虚《むな》しいことのように思われる。

悪魔ってさ、おっかない顔している訳じゃないんだな。白くてきれいな顔してるんだ

――、聖人の言葉が思い出されていた。

「京子さんの心には音がない」

駅への道を歩きながら、ぼそりと真昼が言った。その言葉に、かたわらの省吾がこくりと頷く。

「彼女の心には音がない。音がないから、彼女の言葉も信じられない」

「音がないということは、心がないということだから？」

無言のまま、もう一度省吾が頷いた。

人の意識を映像として見ることのできるサイコパス。もしもそんな人間がこの世に存在するとしたならば、それが生きた悪魔というものなのかもしれなかった。

もう何事も起きることはない――、それぞれにそう信じようと努めながら、二人肩を並べて舗道を歩く。

だが、省吾の顔にも真昼の顔にも笑みの気配はなく、また、安らぎの表情もまったく見当たらなかった。

夜が行き渡りはじめた空から、小さな雨粒が落ちてきて、ぽつりと真昼の唇に当たった。思わず空を見上げる。雲が街の明かりを微妙に反射させて、白みを帯びた闇を作っていた。晴れているのか曇っているのか、その色からだけでは判断がつかない。まるで先の見えない未来を象徴しているような空だった。

私タチ、幸セニナレルノカシラ?

不用意に、真昼の心が囁いてしまっていた。隣の省吾の目が動いた気配がした。囁きを聞かれた、と真昼は悟った。

幸せになれるさ――、しかし省吾の口から、ついにその言葉はでてこなかった。

第八章　闇の音

1

　急速に、春の気配が街を覆いはじめていた。日によってはコートが要らない。今日も真昼は買い物にいくのに、薄手のジャケットを引っかけてきただけだった。が、少しも寒くはない。冬を苦手とする真昼にとっては、待ち望んだ季節の到来だった。

が、ぬるんだ空気の中を歩いていると、果して自分はこの季節を本当に待ち望んでいたのだろうか、という思いに襲われた。春のぼやけた大気の中に身を置いていると、神経の箍《たが》が緩《ゆる》んで、どこか気持ちが行き惑うような心持ちになる。

　不安だった。

　以来、悪いことは何ひとつとして起きていない。そのことを考えれば、ホテルのティーラウンジで京子自身が語ったように、これまで二人に起きたことは、自分たちと同じ種類の人間がいることを真昼と省吾にはっきりと悟らせるための、京子が企《たくら》んだちょっと悪質な悪戯《いたずら》だったとも受け取れた。

　一方で、それは自分に都合のいい解釈、希望的観測というものではないかという気持ちが拭《ぬぐ》えない。「シャロン」で会った時とプライムホテルのティーラウンジで会った時の京子の言い分は、明らかに違った。真昼はどうしても彼女に、まだ翻弄《ほんろう》され続けているような気がしてしょうがない。それが真昼を不安にしている一番の原因だった。

だいたい、真昼は幸せに慣れていない。いつも自分は不幸だと思っていたし、音にも人の目にも自分自身の血にも、ずっと脅《おび》えて暮らしてきた。いざ、もう安心していいのだ、春がきたのだといわれても、それを信じることができない。いつの間にか、そういう性分《しょうぶん》になってしまったのだ。春がくればその背後に、いずれまたやってくる冬を見てしまう。決してオプティミストにはなれない人間なのかもしれなかった。

そもそも、桑野亮治という人間を巻き込むような仕掛けを仕組む必要がどこにあっただろう、と真昼は考える。結果として、桑野を死なせるような目に遭わせたのも京子だ。そして桑野が殺されたからには、当然彼を殺した人間もいる。その人間をも、京子はこの仕掛けに巻き込んだことになる。

常に穏やかな笑みを絶やさない京子という人間そのものが不気味だった。また、頬笑《ほほえ》んだ時の京子は、光を顔に集めたような目映《まばゆ》さで、人の目には天使のように清らかに映る。あんなに性質《たち》の悪い悪戯をしておきながら、あれだけ無垢《むく》な顔をしていられるのは、相手の心を自分は完全に読みきれるという、恐ろしいまでの能力と自信からきているに違いなかった。京子のあのおっとりとした笑みは、いうなれば生殺与奪の権利を握った人間の余裕の笑みだ。

考えれば考えるほど、真昼には京子が悪魔に思えてくる。そんな人間と知り合ってしまったことが、人並みはずれて鋭い聴覚を持って生まれついたこと以上の、自分の不幸かもしれないとも思ってしまう。悪魔にとりつかれたという思いを引きずっているのだ。気持ちの晴れる道理がなかった。

クリーニング店にいって冬物のオーバーやらウールのズボンやらを洗濯にだし、帰りに食料品の買い物をして帰ってきた。以前と少しも変わらぬ日常だ。仕事に対する集中度はもうひとつだが、止《や》むに止まれぬ状況下で、何とか生活していけるだけの仕事はこなしていた。ただ、疲れがひどい。

家に戻ると、まずメールをチェックしてみた。仕事上の連絡が一件、それに仕事仲間の川野早苗《かわのさなえ》から、珍しくメールがきていた。

川野早苗。一時期は、割合によくメール交換をした間柄だった。だが、この頃では、なぜか間遠になっていた。それがメールというものかもしれない。人と知り合えば知り合うだけ、メール仲間は増えていく。そのなかで、お互いに自分がより関心を惹《ひ》かれる相手とのやりとりが主流となって残っていき、ある面淘汰《とうた》がおこなわれる。結果として、頻繁にメールのやりとりをする相手の絶対数は、常にそう変わらないところに落ち着く。でなかったら、一日メールを打っているだけで終わってしまうということにもなりかねない。

川野早苗からのメールを開いてみた。

吉川真昼さま

ご無沙汰《ぶさた》しています。
突然ごめんなさい。
真昼さん、宇佐美京子さんとお親しかったですよね？
京子さん、どうなさっているか、ご存じありませんか？
私、一昨日、日輪製薬から仕事を依頼されたのですが、
もともと日輪製薬は、京子さんの取り引き相手の会社だったのですよ。
お聞きしてみると、京子さんと連絡がとれないとか。
お引っ越しになったのかしら？　電話も通じないし、
これまでのメールアドレスも使われていないご様子なんですよね。
私もちょっとご相談したいことがあったので、あれれ、と思って
困っています。もし、お引っ越し先その他、ご存じでしたら
お教えください。
でも、取り引き先の日輪さんにも連絡なしというのはおかしいですよね。
すみません、突然変なメールを差し上げて。
もしご存じでしたら、ということで。
また改めてこちらからもメールさせてください。

用件のみでごめんなさい。

川野早苗

京子が消えた?——

今、敢《あ》えて京子の声を聞きたいとは思わなかった。だが、真昼はどうしても、京子に電話してみずにはいられなかった。

アドレス帳を取りだし、町屋の自宅マンションに電話を入れてみる。だが、現在使われておりませんという、事務的で冷たい録音テープの応答があるだけだった。携帯も鳴らしてみた。コール音はしているものの、いっこうにでる気配がない。十七回鳴らして真昼は諦《あきら》めた。メールも打ってみた。早苗が書いていたように、京子はアドレスを変えたのだろうか、エラーで戻ってくる。

真昼は不意に不安になった。いや、心の底に押し込めようとしていた不安が、いっぺんに大きく膨れ上がったというのが実際のところだった。

京子は、思うところあって自分から姿を消したのだという気がした。それは今回の省吾や真昼との問題と、決して無関係なことではないだろう。が、その意図が真昼にはまるでわからない。京子はまた何かを仕掛けてこようとしているのか。そのために、いったん姿を消したのか。

省吾が勤めるカノン製薬は京子と取り引きがある。省吾はすでに京子が消えたことを承知しているのだろうか。だとしたら、どうして真昼にそれを告げなかったのか。心に黒い雨雲がひろがりはじめていた。悪い想像ばかりがむくむくとひろがっていく。本当に、京子は自ら姿を消したのか。それとも強制的に消されたのか。

真昼は首を横に振った。続けて、無理だ、無理なことだ、と声にだして呟《つぶや》いてみる。いかに京子を厄介きわまりない存在と感じていても、省吾にも京子を殺すことはできない。京子は相手の心が読める。殺意を抱いて近づこうとすれば、それを察してひと足先に逃げるだろう。

(それを察して逃げる?……)

自分が論理の道筋で生みだした言葉に、自分自身が引っかかる。

(省吾さんが殺そうとしているとわかったから、それで京子さんはどこかに逃げたの?)

省吾も、京子がティーラウンジで口にしたことを信じてはいなかった。省吾は京子に、桑野という男を差し向けられ、一度はぎりぎりまで追い詰められた気分を味わわされている。そんな思いをさせられれば、真昼以上に京子を信じられないという思いに囚《とら》われるのも無理からぬ話だった。

ティーラウンジから帰ってきてから、省吾は真昼に言っていた。

「あの女はまた何か仕掛けてくるさ。やっぱり彼女にとっては、何もかもが楽しいお遊びなんだ。同じような人間同士と言っていたが、あんなのは嘘《うそ》っぱちだ。いわばあの女は、人と人の心を混乱させて、人の関係を込み入らせて、人間が右往左往するのを見るのが楽しいんだ。あの女は、自分が神様みたいなつもりなんだ」

京子の心からどんな音も聞こえてこないのは、彼女に悪意がないからだ、と省吾は言う。べつに人を害そうと思ってやっている訳ではない。ただ子供のように、自分の楽しみを求めているだけのこと。だからこそ彼女は性質が悪い、と。

(駄目よ。京子さんを疎《うと》んじたり憎んだりしては駄目)

真昼は思わず目の前にいもしない省吾に向かって語りかけていた。

(当面無視するしかないのよ。私たちがあの人に何かを思ったり仕掛けたりしようとすれば、必ずあの人はそれ以上のことをしてくる。あなた、どうしてそれがわからないの?京子さんに触っては駄目なのよ)

何が起きようとしているのだろうか……真昼は不安と恐ろしさに身が竦《すく》む思いだった。もしもこのことに省吾が少しでも関わっているとするならば、自分はきっと省吾を憎むだろう、と真昼は思った。

真昼は不安と恐れの中で、京子と省吾、二人の顔を思い浮かべていた。

2

「君はどうしてそうなんだ」

そう言った省吾の顔は、いかにも不愉快そうに濁っていた。

「僕は彼女が消えたことは、本当に知らなかった。ここのところ、彼女には仕事の発注をしていなかったんだ」

　省吾の言葉に嘘はないと感じとれた。が、彼の中では、真昼に対して苛立《いらだ》つ心が、きしきしといやな音を立てていた。自分の方が謝るべき場面だとわかっていても、その音を耳にしているうちに、真昼の心も自然とささくれ立ってくる。きしきしいいはじめる。

「心配だっただけよ。だからそんなに怒らないで」

「僕はべつに怒ってなんかいないじゃないか」

「怒っているわよ」

　声を荒らげるでなし、省吾はただ顔色を濁らせただけのことだった。ふつうに見るなら、誰も彼が怒っているとは思わないだろう。だが、真昼にはわかる。彼の心の中でふつふついっている怒りが、耳にもはっきりと聞こえてくれば、肌にもしっかりと感じとれる。

「基本的に君は、やっぱり僕のことを人殺しだと思っているんだ。だから、桑野の時も今回も、君はすぐに僕を疑ってかかる」

「そんなことはないわ」

「じゃあなぜすぐに僕を疑うんだ?」

「疑ってなんかいない。ただ心配だから――」

「嘘だ」

　間髪入れずに省吾が言った。真昼の弁解の言葉をぴしゃりと遮《さえぎ》り、叩《たた》き落とそうとするような言い方であり、勢いだった。

「いいか、宇佐美京子は、次の仕掛けのために、わざと居所を不明にしたんだ。僕が何かをしようとしたからじゃない。彼女に対して何かをしようと思ったら、相当周到な準備が必要だ。どうしたら彼女に意識を覗《のぞ》き込まれないで済むのか、そこまでわかってからでなくては何もできない。真昼、僕はそんなに無謀な人間じゃない。馬鹿でもない。それに僕はね、べつに人殺しを好んでいる訳じゃないんだ」

「わかっているわよ」ぼそりと真昼は言った。

ワカッチャイナイ。

ワカッテイタラ、僕ヲ疑ウ訳ガナイ。

ダケド、言ッテオクガ、人ヲ殺シタノハ僕ダケジャナイ。

真昼、オ前ダッテ人殺シジャナイカ。

「ひどい」

思わず真昼は言っていた。感情が昂《たか》ぶって、心がごわごわいいはじめていた。省吾があからさまに顔をひしゃげさせた。

「まただ」

投げだすような調子で省吾が言う。その顔は、半分天井を仰いでいた。

「また君は僕の心の声に耳を傾けた。心の声を盗み聞きした」

「盗み聞きしようとした訳じゃない。勝手に聞こえてきたのよ。あなたは、私のことを人殺しだと言ったわ。お前だって人殺しじゃないか、って」

「だって、それは事実だ」

二人は沈黙した。が、互いの心の音は聞こえてきていた。いちいち人を殺した、殺そうとしたと疑われることに堪《た》えられないという憤り。信じたからこそ話したというのに、心で人殺しと罵《ののし》られることに対する憤り。わかってはいても抑えられない感情が、それぞれの心の中で渦巻いて、耳障りなことこの上ない雑音を立てていた。

「最悪だな」

やがて省吾が口を開いて言った。最悪だな、彼は同じ言葉を重ねて口にした。

寝ルベキジャナカッタ。

カラダノ関係ヲ持ッタカラ、ナオサラオ互イノ声ガ聞コエルヨウニナッテシマッタンダ。

マッタク……最悪ダナ。

「最悪、最悪と、そんなに何度も言わないでよ」下瞼《したまぶた》を波立たせ、いかにも不快そうに真昼は言った。

「僕は何度も最悪だとは言っていない」

「……」

一瞬考える。真昼にも、彼が現実に言葉を重ねたのか、それとも心の中で繰り返しただけなのかがわからなくなっていた。

が、同じことだった。要は言葉にするかしないかの違いでしかない。彼が心でそう思ったということは、動かしがたい事実だった。

「ふつうは違うよ」疲れたように省吾が言った。「心で思ったとしても、口にださなければ平和にいく。心で殺したいと思っても、現実に殺さなければ罪に問われないのと同じだよ」

「あなただって、今、私の心の声を聞いたじゃないの。たとえ言葉にしなくても、心で思ったというのは本当だ、という私の心の声に耳を傾けたじゃないの。だからそういう台詞《せりふ》がでてくるんだわ」

「勝手に聞こえてきたんだよ」

二人して、うんざりしたように黙り込む。

本来なら、お互いのことを最もわかり合えて然《しか》るべき間柄の二人だった。同じ脅威に対して、手を取り合って助け合い、また、いざという時にはともに闘わねばならないはずの同志だった。それが小さな部屋の中で心に軋《きし》みを上げながらいがみ合っている。

「私たち、どうしたらいいの。一緒にはやっていけないっていうこと?」

真昼はなかば崩れ落ちるみたいにして、力なくソファに坐《すわ》り込んだ。少し前なら泣いていたと思う。だが、今はもう、疲れが勝っていて、涙も満足にでてこなかった。

「離れていれば疑い合う。近くにいれば心の音や声に苛立ち合うし傷つけ合う……」

そう言った省吾の声も力なかった。

省吾という自分と同じ境遇にある人間と出逢《であ》ったことで、また省吾が心で思っていたように彼とからだの上でもつながったことで、真昼の聴覚は省吾という同じ存在に触発されるように、日に日に鋭さを増しているところがあった。それは省吾も同じであるに違いない。一たす一は、必ずしも二ではない。三にもなれば四にもなる。最近では、意識的に耳を塞《ふさ》ごうとしても、彼の心の音や心の声が、自然と耳にはいってきてしまう。確かに彼が言う通り、最悪かもしれなかった。

人は心で思っても、相手を傷つけるに違いないと思われることは、唇にのぼる手前でぐっと呑《の》み込む。知らぬが仏――、だから人と人の関係はうまくいく。また、人間の心など、移ろいやすくて根のないものともいえた。その瞬間、心で思ったことが、必ずしもその人間の真意とは言いきれない。が、それを耳にしてしまった人間は、そこに相手の真意を見る。そんなつもりではなかったといくら後からとりなされたところで、一度耳にしてしまったことは、どうしたって忘れられない。それが自分にとって好ましくないことであればなおのことだ。

もしかすると自分たちは、とんでもない不幸の中に身を置いてしまったのかもしれない――、真昼の気持ちは沈んでいく一方だった。

「あの女には、わかっていたんだよ」くたびれ果てた声で省吾が言った。「こうなることがわかっていたんだよ。だからこそ僕らを引き合わせたんだ、それこそ面白半分にね」

やはり「シャロン」で京子が言っていたことの方が彼女の真意だったのだと、真昼も悟ったような思いがした。ただ単に悪戯をして、混乱を招いて楽しんでいるだけ――。

京子に対する憎しみが、真昼の心に湧《わ》いていた。同様に、省吾の心にも、京子に対する抑えがたい憎しみが湧いているのが感じとれた。

同じマンションの上下に住み、知り合う前に一度は真昼も、省吾が今暮らしている五〇七の部屋に足を踏み入れた。その時天窓から眺めた空を、一年半近くが経《た》って、省吾とともに再び目にした。そこに運命を感じ、ショウゴとマヒルという名前の一致にも運命を感じて浮かれていた。そうしたことすべてが、今ではお笑い種《ぐさ》のように思われた。仕掛けられた出逢いと恋にのぼせていた省吾や真昼のことを、京子は陰でせせら笑っていたに違いない。それも邪気のない白く愛らしい笑顔をして。

「これが私たちの運命だったのね」真昼は言った。「一番お互いのことをわかり合えるはずの関係でありながら、一番お互いのことを鬱陶《うっとう》しく思わない訳にはいかない。同志になれるはずが、結局一緒には生きていくことができない。私たちは、本当ならば出逢わない方が幸せな運命の間柄だったのね」

省吾は返事をしなかった。返事はなくても、彼もそう思っていることが、真昼には感じられていた。

そこに愛に等しいものはあっても、一緒には生きていけないのだ、別れるしかないのだ――、そのことを、省吾も真昼もここにきて悟りつつあった。

が、次の瞬間、二人は同じことを心で思っていた。


自分タチハ、ココデ別レテヨイモノナノカ？

別レラレルノカ？


残念ながら、その気持ちの底には、相手に対する愛や執着という感情は存在していなかった。あるのはわが身を守ろうとするせせこましい保身の気持ちであり、何とか自分は生き残ろうという、動物としてのしたたかな生存本能だった。

真昼は、省吾が桑野留美を殺したことを知っている。

省吾は、真昼が村上光恵を殺したことを知っている。

彼らは、京子以外に誰も知らない秘密を、共有し合ってしまった人間同士だった。ともに最悪の秘密を握り合っているということは、双方で保険をかけ合っているようなものかもしれない。

相手も決して人には喋《しゃべ》るまい——、そう思う気持ちのかたわらで、信じきれない、安心しきれないという気持ちが芽生えてくる。仮に相手に、本当に愛する人間ができた時、自分の最も後ろ暗い秘密を握っている人間の存在をどう思うだろうか。最も目障りなものと考えて、できれば消えてほしいと願うのではないか。

ソレデモ、マサカ殺シタリ殺サレタリスルヨウナコトニハナラナイダロウ。

省吾と真昼は双子のように、同じことを思っていた。続けて心で思う。

デモ、ワカラナイ。

何シロ相手ハ、スデニ一人ハ人ヲ殺シテイル人間ダ。

灰色に沈んだ冷えた目をして、省吾と真昼は、一瞬陰鬱《いんうつ》に視線を交わし合った。もう心の声を聞いたわね、聞いただろう、と互いを責め合うことはしなかった。黙したまま、それぞれにまた考えはじめる。

たとえば京子のような力を持った人間が、どちらかの側に現れたとしたらどうだろう。いや、京子本人でもいい。どちらかが京子におもねるかたちで彼女を味方につけたとしたらどうだろう。邪魔な相手を破滅させ、目の前から消してしまうことも可能ではないか。

完全ニ離レテシマウ訳ニハイカナイ。

コノ人間モマタ危険ダ。

コノ人間カラ、完全ニ目ヲ離シテハイケナイ。


お互いの声など聞こえてもいないような顔をして、二人はばらばらの方に視線を投げだしたまま、しばらくの間黙していた。

春だというのに、部屋の中の空気はしんと冷たく冷えきっていた。

3

「はい。今月末のお戻しですね。承知しました」

メモをとりながら真昼は言い、最後にていねいに礼の言葉を述べてから受話器を置いた。

手帳を取りだし、メモした内容を転記する。ここのところ、また集中して仕事に取り組むことができるようになってきていた。幸いにして、仕事の注文は続いてはいってきている。信頼を失っていなかったことに安堵《あんど》する一方で、だからこそ、これまでにもましていい仕事をしなければ、と気を引き締める。

窓の外の季節は、初夏の気候を思わせた。五月、いい季節だ。が、じきに梅雨がやってくる。梅雨が明ければ一気に夏だ。こうして季節は巡り、時も確実に流れていく。

真昼は表の景色を眺めながら、ふと一年前の自分を振り返っていた。表の景色といっても、目に映るのは、通りを挟《はさ》んだ向かい側にあるマンションでしかない。それとマンションの上の空。たったそれだけの景色でも、季節の移ろいがなぜか目で見てわかる。空気の色の違い、とでもいったらいいのだろうか。

(何も変わらない。何ひとつ変わっていない)

真昼は心で呟いた。

一年前もこうして部屋に籠《こ》もって仕事に明け暮れる毎日を送っていた。生きていくため、仕事を第一に据えて考えていた。それ以外のことはほとんど頭になかったといっていい。静かな環境で、集中して仕事ができたらそれでいい、そう思って日夜仕事に励んでいた。真昼に、またそんな日常が戻ってきていた。

一年前と、少し変わったこともあるにはある。

頭の上に鈴木健一がいる。一年前にはいなかった男だ。鈴木健一という名の潮見省吾。彼と顔を合わせるのは、月のうちに一度か二度というところに落ち着いてきている。省吾は当面このマンションを離れるつもりはない様子だった。それは真昼も同じだった。

メールは毎日、もはや二人の日課といっていい。日課ではなく、義務かもしれない。からだの関係も、完全には絶えていなかった。ただし、愛情あってのことではない。すべて保険だ。保険にはいったつもりが債務にならないようにと、それぞれに頭でしっかりと計算しながら、二人は今も関係を保っている。そうして時を過ごせば過ごすだけ、損なわれていくものがひとつだけあった。

心だった。

同じマンションの上と下の部屋に住みながら、ほとんど語り合うことなく、メールで無音のやりとりをする。メールなら、心の音を聞きとられることがないから、安心して言葉を紡《つむ》げる。

省吾はたぶん、多少は自分の不利を感じている。それは自分が上階にいて、真昼が真下の部屋にいることに起因する不利だ。上の物音は聞きとりやすい。比べて下の音は聞きとりにくい。したがって、真昼の方が省吾の状態を感じとりやすい。しかし省吾は、それさえ感じていないような素振りをして、自分の思いをおくびにもだそうとしない。

以来密《ひそ》かにトレーニングし、心がけていることも、たぶん二人とも同じだった。ひとつは、こうなったからには、相手よりも自分が聴覚に関してより鋭敏であること。どうせならば、もともと人に比べて鋭い耳を、もっと正確で鋭敏なものに研ぎ澄ましてしまった方が、いざという時には強みになる。相手よりも優位に立てる。いまひとつは、心に完全に蓋《ふた》をすること。誰にも心のありようを気取《けど》られたくない。意志の力で完全に心を制御して、京子のように、さわりとも音を立てない心を持つことだ。

京子の行方《ゆくえ》は依然としてわかっていない。だが、真昼は、いずれまた彼女が、あの無垢な笑みを浮かべた目映い顔をして、自分の前に姿を現す日が、きっとくるに違いないと感じていた。自分たちを操り人形のようにして弄《もてあそ》んだ京子が、このまま消えたきりであるはずがないと思う。一度は打ち捨てても、楽しく遊んだ人形のことを思い出して、そのうちやおら悪戯を仕掛けてくるに違いない。いや、それとはべつの意図をもって、京子は再び真昼の前にやってくるのかもしれない。

京子は今どこでどうしているものか……真昼も考えることがある。なにゆえ不意に姿を消したのか。

自分があれこれ仕掛けてきた遊びを終了させて、一度チャラにしたくなっただけなのかもしれない。仕事をいったん投げだして消えてしまっても、彼女ならばどこでも暮らしていける。あるいは結婚したのかもしれないとも考えた。京子のような能力があったら、どんなふうにでも生きていくことは可能だろう。彼女にとっては、もはや自分の人生そのものが、ひとつのお遊びなのかもしれなかった。

近頃では、京子に対する怒りも真昼の中からは消えていた。今はただ、淡々と仕事をこなしていられればそれでいいと思う。現れた時は現れた時だ。その時のためにも、突出した自分の能力は磨いておいて然るべきだと真昼は思う。誰も頼れない。万が一、京子と面と向かって対峙《たいじ》しなければならなくなった時、頼りにできるのは自分自身であり自分の能力だけだった。

仕事仲間でありメール仲間である人間たちも、一時は京子のことをずいぶん取り沙汰《ざた》していたが、最近は、特に話題にするでもない。日常というのは、恐らくそういうものだった。自分が生き、生活している現場が中心で、消えてしまったものに対する興味は、日に日に確実に薄れていく。人間というのは、自分以外のことにはほとんど興味を抱くことのできない動物だ。人の心も世界も狭苦しい。真昼は今回、そのこともよくわかった気がした。

仕事に戻る前に、メールチェックをしてみた。省吾からのメールがはいっていた。

今日は仕事が早く終わりそうなんだ。
一緒に夕飯でもどう?
七時頃には帰る。
外で何かうまいものでも食おう。
帰ったら迎えにいく。
都合が悪いようなら携帯にメールで知らせて。
省吾

省吾が新しく購入した携帯は、仕事用とはまたべつの、もっぱら真昼とのメールのための携帯だ。どこにいても、一応連絡がとれないと落ち着かない。まるで熱愛のさなかにある恋人同士のようだと思う。心はどんどん冷えきっているというのに、心が冷えれば冷えるほど、互いの様子をまめに確認し合わずにいられない。だが、それは真昼たち二人に限った話ではないかもしれない。どこの恋人たちや夫婦も似たようなもので、心の距離が遠のきだすと、それを埋め合わせようとするように、からだの距離を近づけてみたり、空虚な言葉を多用してみたりする。はた目に〝密〟と映るものほど、実は〝疎〟なのかもしれなかった。

真昼は苦笑を漏らしながら、省吾の携帯に返信をした。

大丈夫。七時頃ね。お迎え待ってまーす。
真昼

最近は、一緒にいても、いちいち相手の心の音や心の声に反応して、あれこれ言い合うことも少なくなった。省吾も真昼も、それだけ自分の心の音を抑えることに長《た》けてきたし、仮にひょいと相手の声が耳に聞こえてきても、お互いに、そんな呟きなど漏らしませんでした、聞こえませんでした、といわんばかりの顔を装ったりできるようになってきた。それどころかこの頃では、逆に意識的に集中して、互いの心の音に耳を傾けたりもしている。

真昼や省吾に対して京子の方が強者であり、二人にとって彼女が脅威だったのは、こちらの能力が未分化で微弱なのにひきかえ、彼女が正確に人の心を読む力を持っていたからにほかならない。人の心や思いを、より正確に摑《つか》んでいる人間の方が間違いなく強い。真昼はそれを京子から教えられたような気がした。何も耳に蓋をすることはない。相手の心の音に耳を傾けて、相手の声をつぶさに聞くのだ。そうすれば、自分が必ず勝者になることができる。生き残ることができる。

これまで真昼は、たぶん間違っていたのだと思う。逃げ隠ればかりしていては、生き残っていくことはできない。強みとなる能力を磨いて、いざという時には闘うのだ。

自分の血に関しても、真昼は誤解があったような気がしていた。罪人の血、逃亡者の血――、確かにそれも当たっているかもしれないが、それだけではない。思いがけず強い生存本能を、真昼の中に流れる血は持っている。いざという時には走る、闘う。叢《くさむら》に身を隠して震えてばかりいる臆病《おくびょう》なウサギでは決してなかった。

自分の能力を認め、それを解放するとともに、のばしていこうと決めたせいだろうか、外を歩いていても、道行く人の心の呟きが、ふと耳に飛び込んでくることも多くなった。

あ。洗剤を買ってくるのを忘れちゃった。
あの野郎。ふざけやがって。
ミサコ、うちに帰ってるかなあ。
銀行……金、おろさないと。
ああ、トイレいきたい。
ええと、五千円だしたんだから……千八百五十二円……いいのか、お釣り、これで合ってるのか。

……。

たいがい、人が考えていることはくだらない。心の声が耳にはいってくればはいってくるほど、真昼は人間というものが好きでなくなる。

だが、反対に省吾の声は、なかなか耳にすることができなくなってきていた。きっと省吾も同じだろう。二人とも耳は欹《そばだ》てていても、心や意識にはしっかりと蓋をしている。省吾と真昼の能力が鋭敏かつ繊細に研ぎ澄まされていけばいくほど、互いの心の音だけは、聞きとりにくくなっていく。

耳を澄まし合う。時に周囲の音さえ消えて、無音の状態がやってくることがある。そんな時、耳の底にかすかに聞こえる音がある。

〝しーん〟という無音の音。

いつだったか省吾と二人、恋い焦《こ》がれるように、夢見るように、無音の音が聞きたいと、言い合っていたことがあったことを思い出す。そしてはじめてからだを交わらせた時、省吾も真昼もその音を耳にした。自分たちの運命を象徴する音だと心が震えた。

省吾とともにあって、時に〝しーん〟という無音の音を耳にすると、真昼はその時のことを思い出す。そしてやはりこれは自分たちの運命を象徴する音なのだと改めて思う。

京子がそうだった。彼女の心には音がなかった。心がないからどんな音もしなかった。

同様に、真昼も省吾もだんだんに心を失っていきつつあり、いつかは完全に失うであろうという未来を暗示した運命の音なのだと思う。

それとも、ほかの人間たちの心の音や心の声は聞きとることができても、お互いの心の音だけはまったく聞きとれなくなった時、二人はもう一度、恋人同士に戻れるのだろうか。ふつうの男女のように、聞きとることもできなければ察することもできないお互いの心を何とか掴もうと必死になって、身を焦がすような執着と愛情を、相手に対して抱けるようになるのだろうか。

真昼の顔にまた薄い苦笑が滲《にじ》んだ。まったく皮肉なものだと思う。しかし、ひょっとすると真昼は、その日が自分たちに訪れるのを、待っているのかもしれなかった。本当の恋人同士に戻れる日。

うっすらと苦笑を浮かべた自分の顔が、書棚のガラスにぼんやり映って見えていた。歪《ゆが》んだ笑みを浮かべているはずだった。けれどもガラスに映った真昼の顔は、くすぐったそうな目映い笑みを浮かべていた。どこかで見た笑み……それは京子の笑みによく似ていた。だんだん京子に近づいている——、真昼はぼんやり思っていた。

※

久し振りに、新宿の街に買い物にでた。少し前まで、新宿の雑踏を、真昼は大の苦手にしていた。車の騒音、人声、人の意識、人が立てる足音、物音……が、近頃では、自分の意思で、完璧《かんぺき》に近いぐらいに耳に蓋をしてしまうことも可能になった。意識的にそれをしても、さほどの疲れもない。だんだんに、自分が聞きとりたい音だけを聞きとることもできるようになってきた。そうなってみると、雑多な人間に溢《あふ》れている街は、ある面楽しいおもちゃ箱だった。

真昼も、この五月で二十九歳になった。これまでの二十九年近くの間、どうして自分の能力を厭《いと》わしく思い、それを抑え込むことばかりに懸命になって、その挙句にくたびれ果ててきたのだろうかと、馬鹿馬鹿しく思うことがたまにある。もっと早くに逆の方向に向かっていたら、数段楽で楽しい二十九年ではなかったか。

デパートで買い物を済ませて、駅への道を向かう。横断歩道の信号は赤。真昼は足をとめ、ふとかたわらの女に目をやった。

三十四、五の、ひどく顔色の悪い女だった。何度も染め直した髪は傷《いた》み、化粧を重ねた肌も同じようにかさついて荒れている。目にも輝きが微塵《みじん》も窺《うかが》われなかった。顔色自体が青ざめている。まるで半分死んでいるかのような女だ。

(あなた、何を考えてるの?)

面白半分に、女の心に耳を欹ててみた。

殺シテシマッタ。

殺シテシマッタ。

アイツガ悪イノヨ。

ダケド、殺シテシマッタ。

殺シテシマッタ。

ドウシタライイ……。


長い赤信号だ。

舗道にどんどん人が溜《た》まってくる。真昼はじっとかたわらの女の顔を覗き込んだ。

はっとしたように、女が真昼の顔を見返した。真昼は女に向かってにこっと頬笑みかけた。それから、音はださず、ゆっくりと唇だけを動かして、女に五文字の言葉を伝えた。


ヒ・ト・ゴ・ロ・シ。


女の顔からいっそう血の気が退《ひ》いていき、あっという間に表情が完全に凍りついていった。女は真っ白い顔をして、啞然《あぜん》としたように真昼の顔を凝視している。真昼の目には、女の目が開ききって、瞳孔《どうこう》までもが完全に開いているように思われた。

信号が変わった。

真昼は人込みに紛れるようにして、向こう岸に渡る人間たちの人波に揉《も》まれて横断歩道を渡った。

新宿の駅に着き、電車に乗り込む。デパートで買い物してきた紙の手さげ袋を膝《ひざ》の上にのせ、シートに坐っていても、真昼の顔は淡い笑みを失っていなかった。何だかくすぐったいようなおかしさがからだの芯《しん》からこみ上げてきてしょうがない。

ある日、真昼も街を歩いていて、不意に誰かに囁《ささや》かれるかもしれない。


ヒ・ト・ゴ・ロ・シ。


心のどこかで、それは覚悟していた。決して真昼だけではない。異常に鋭い聴覚を持った人間もいれば、異常に鋭い視覚を持った人間もいる。嗅覚《きゅうかく》、触覚が発達した人間もいれば、第六感が飛び抜けて発達した人間もいるだろう。真昼だって、いつ誰に心を覗き込まれないとも限らない。

ただみんな、その能力を持っていることを、口にしていないだけだ。動物としての人間が、かつては有していた鋭い感覚を取り戻した人間たちが、ここにきて多く出現しはじめている。この同じ電車の車両にも、そんな人間が混じっていないとも限らなかった。

ダカラ心ニ蓋ヲスルノヨ。

心ヲ常ニ、無音ノ状態ニシテオクノヨ。

真昼の心が真昼に向かって囁いていた。ほんのりとした笑みを浮かべたままの顔で、反対に真昼は自分の心に囁き返していた。

喋ッテハ駄目。

静カニシテイテ。

イイ？　〃しーん〃トシテイルノヨ。

軽く目を閉じた。

真昼の目の中に、はじめて省吾とからだを重ね合わせた晩に見た、天窓から覗く闇《やみ》が映っていた。

あの時も真昼は〃しーん〃という無音の音を耳にした。

そして、今真昼の瞼の内側にひろがっている闇は、京子の心の音に耳を傾けた時、〃しーん〃という音とともに感じた闇にも似ていた。

京子も、自分の持つ特殊な能力に苦しんだ時期もきっとあったに違いない。京子はそれを乗り越えたのだ。生きていくため、心に闇をひろげたのだ。

人間が地上で繁栄を勝ち得たのは、動物としての鋭い五感や第六感を、いったん捨て去ったからかもしれなかった。捨て去ってこそ、人と人の和は保つことができた。だが、逆に真昼や省吾のように、かつて人間が有していた五感や第六感を持って生まれてきてしまった人間同士は、その能力をきわめた時、はじめて相手との間に人としての関係が築ける。きわめるからこそ、見えない、聞こえない……という、闇の世界が再び自分に訪れる。音は、際限なく真昼の耳にはいってくる。が、ひとつひとつの音は、あっという間に時という力に押し流されて、そのたびごとに消えていく。いわば夜空に咲く花火のようなものだ。一瞬にして消えていくものだからこそ、音もまた、花火のようにうつくしい。闇と沈黙があるからこそいとおしい。

無音の音は闇の音――、真昼は思った。私の心にも、今、闇の音が聞こえている。耳の底に低く響く、〝しーん〟というかすかな音に耳を傾けながら、真昼は電車に揺られていた。

真昼の顔には依然として、京子がいつも浮かべていたのと同様の、光の粒が躍《おど》ったような目映い笑みが浮かんでいた。

（了）

本書は平成14年7月に刊行された『闇の音』（ハルキ・ホラー文庫）を底本とし、加筆・訂正、及び、改題いたしました。

ハルキ文庫

あ 18-3

四階《よんかい》の女《おんな》

著者
明野照葉《あけのてるは》

2010年5月18日第一刷発行

発行者
角川春樹

発行所
株式会社角川春樹事務所
〒101-0051東京都千代田区神田神保町3-27二葉第1ビル

電話
03(3263)5247(編集)
03(3263)5881(営業)

印刷・製本
中央精版印刷株式会社

フォーマット・デザイン 芦澤泰偉
表紙イラストレーション 門坂 流

本書の無断複写・複製・転載を禁じます。
定価はカバーに表示してあります。
落丁・乱丁はお取り替えいたします。

ISBN978-4-7584-3470-6 C0193 ©2010 Teruha Akeno Printed in Japan
http://www.kadokawaharuki.co.jp/[営業]
fanmail@kadokawaharuki.co.jp[編集] ご意見・ご感想をお寄せください。

Haruki Bunko

ハルキ文庫

ひとごろし

明野照葉

フリーライターの野本泰史は、なじみの店「琥珀亭」で水内弓恵と出会い
惹かれていく。だが、弓恵には四年以上の記憶の欠如があった。
過去に一体何があったのか？　極上の長篇サスペンス！

（新装版）棲家

明野照葉

家賃五万円。中内希和は、恋人のために最高の部屋に
引越しを決意するのだが……。「汝の名」「女神」「ひとごろし」の著者が、
人間の狂気と恐怖を描く長篇サスペンス。

隣の女

新津きよみ

祥子は、妹を自殺に追い込んだ五郎を殺そうと待ち伏せをしたが、
彼女の前に謎の人物が現れ殺人を請け負う……。
女性心理を描く長篇サスペンス。（解説・大野由美子）

（文庫オリジナル）生死不明

新津きよみ

池畑弘子の夫が行方不明になってからもうすぐ3年。
生活が軌道にのってきた矢先に、夫の生存を告げる手紙が弘子の元に届く。
男女の真実を描く長篇ミステリー。

彼女の命日

新津きよみ

会社員の楠木葉子は、刃物で刺され死亡してしまう。
1年後、別の身体を借りて、この世に戻ってきたが、
葉子を待っていたものとは……。サスペンスフルな傑作長篇。（解説・大矢博子）